유체

유
체

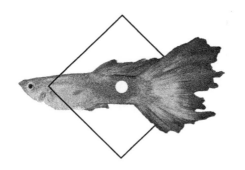

심 설

장편 소설

◆ 차례

유체

1장

1.

비친다. 물고기가 수면에 비친다. 물고기는 뒤집힌 자신을 올려다보고 있다. 그들은 하늘을 보지 못한다.

우리의 인생은 늦여름 밤 찾아온 꿈처럼 시작을 알 수 없다. 그러나 책은 그 시작이 분명하므로 나는 어떻게 이야기를 시작할지에 대해서 고민할 수밖에 없다. 어항으로 시작하는 건 어떨까. 자신만만하게 한자리 차지하고 있는 수조. 물은 우울한데 물고기는 행복하다. 이야기의 시작은 이렇게 이슬 품은 들꽃처럼 쓸데없어 보이지만 아름다운 것으로 여는 게 좋다. 처음부터 힘을 줘버리면 나중에 스스로가 부담스러워져 도저히 이야기를 진행할 수 없을 것이다.

우리 집 한구석에는 항상 어항이 있어서 현관에 들어서면 확 물비린내가 나곤 했다. 혹시나 하는 마음에 물고기가 한 마리라도 도망갔나 하며 온 집안을 헤집을 때도 있었지만, 그저 어항에서 풍겨온 비린내일 뿐이었다. 하나뿐인 아들은 화목한 가정보다 혹독한 사회를 택했고, 홀로 남은 어머니는 현란하게 헤엄치는 물고기에 현혹되어 행복해하곤 했다. 아버지는 자기 아내의 삶이 자식이나 타인이 아닌 새로운 생명에게 잠식되어가는 것이 그리 나쁘지만은 않은 현상이라고 생각했으며, 자신감을 찾기 시작한 그녀의 새로운 도전을 각별히 지지했다. 하나둘씩 늘어난 어항은 어느새 거실의 한쪽 벽면을 차지한 채, 한 백 개가량의 눈알들이 우리를 감시하고 있다. 검은 별 같은 눈알들은 무심해 보이지만 반짝이며 우리의 일거수일투족을 지켜보고 있다.

처음 물고기를 산 것은 나를 위해서였을 것이다. 나는 여느 아이들처럼 고양이를 원했고, 강아지를 원했다. 지금처럼 아파트에 살지 않던 시절에는 충분히 키울 수 있는 조건이었다. 아무리 날뛰어도 밑에 집에서 올라오지 않을 것이었기 때문이다.

하지만 그들은 너무 활발하고, 많은 흔적을 남긴다. 살얼음판 위를 걸어가는 아이들처럼 가는 곳마다 조금씩 부서져 결국은 모두 망가트릴 것이 뻔했다. 그렇기에 나는 거북이를 주장했다. 작고 귀여웠으며, 나중에 커지면 타고 다닐 수도 있을 거로 생각했다. 무엇보다 느렸다.

거북이는 사람보다 오래 사는 종도 있고, 사람을 태울 만큼 충분히 커지기도 한다. 그리고 그 주름들은 마치 할아버지의 목과 같고, 입은 이빨 없는 노인의 입과 같아서 내가 인간스러운 어떤 친근감 혹은 푸근함을 느낀 걸지도 모르겠다. 나는 종종 노인같이 인자한 표정을 한 거북이의 등에 고목으로 만든 바둑판 같은 등껍질이 있고, 그 껍질 위에 올라타서 학교 아이들에게 자랑하는 망상을 하곤 했다.

문제는 거북이의 주름 사이사이에 때처럼 냄새가 끼이고 건조하게 말라 가는 피부는 물비린내를 압축시켜, 가정집에서 키우기에는 악취가 심하다는 것이었다. 하물며 오래 살고 크게 자란다는 것이 나에게는 큰 축복처럼 느껴질지도 모르겠지만, 부모님에게는 그만큼의 돈과 시간을 더 투자해야 하며 신경을 써야 하는 요소였다.

일반 가정에서 그만한 크기의 육상생물을 키우기란 불가능이었다. 결국 내가 받은 것은 작은 물고기들과 적당한 어항이었다. 내가 가진 어항에 관한 최초의 기억은 작은 수조 하나다. 수조 밑에는 내가 소중하게 여기던 유*왕 카드와 메*플 딱지, 나무로 만든 고무줄총 등이 들어있는 상자를 넣어놓은 작은 장이 있었다. 그 장은 양쪽으로 문이 열리게 되어있었고, 나무프레임에 유리로 된 창이 있어서 안이 들여다보였다. 유리창에는 이것저것 내가 좋아하는 캐릭터 스티커가 별자리 처럼 붙어 있었다. 복도의 가장 끝 구석에 있던 그 작은 장은 내가 어릴 때는 잡고 일어설 정도의 크기였고,

내가 커 감에 따라 내 허리까지 올 때쯤, 아니 그것보다도 조금 더 작게 느껴질 즈음 버려졌다.

그 장 위에 올려져 있던 유리로 된 수조. 수조 안에는 어린 시절보다 더 어린 시절의 내가 문화센터에서 찰흙으로 만든 도자기가 있었다. 어떤 울룩불룩한 형상을 띄고는 있었지만, 오래되어 부식이라도 된 듯 형체를 알아보기 힘들었다. 으레 어릴 때는 잘만 알아봤던 직접 그린 그림을 커서는 못 알아보곤 한다. 이번 경우도 그럴지 모른다. 나는 당시에도 어렸지만, 동심이란 표면장력도 없이 조그마한 세월에도 흘러버리는 물방울이었다.

도자기로 된 연필꽂이 옆으로는 정성스레 만들어진 도자기 벽돌집이 있었다. 그 벽돌집은 물고기 한 마리보다도 작은 크기라서 작은 물고기도 그 앞에서는 거대하게 느껴졌다. 그리고 수초들이 있었고, 그 사이를 유유자적하게 물고기들이 돌아다녔다. 그러다가도 사람이 다가가면 이틀 굶은 강아지라도 된 듯이 쪼르르 달려와서 밥을 달라고 소리 없이 아우성을 쳤다. 그러나 항상 유리 벽에 가로막혀서 사람에게는 어떠한 위해도 가하지 못했다.

그것들은 유리 상자 안에 갇힌 구름과 같이 꼬리를 흔들거렸다. 혹은 살랑거리는 수초와도 같이 물결을 그대로 드러냈다. 그중 내 기억 속의 물고기는 붉은 구피다. 은빛 몸비늘에 붉은 지느러미를 가지고 있었다. 그 모습이 마치 은빛 쟁반에 비쳐 일렁거리는 붉은 불꽃과도 같았고, 표정은 뚱해서 금방이라도 터질 것 같은 풍선과도 같았다. 초록빛 이끼와 수초 사이로 그 불꽃이 한없이 휘젓고 다니는 어항에 가끔 빛이 들어올 때면 은빛 비늘도 함께 빛나서 영롱하게 빛나는 샹들리에가 되었고, 동시에 사람을 홀리려는 도깨비불이 되었다. 그것과 물의 빛깔이 어우러지면서 저녁노을이 지는 한 평화로운 미국의 숲속 가정집을 보는 듯했고 그곳에 태양이 밝게 빛나면 따스한 한낮의 기운이 여기까지 다가왔다. 고요하고 평화로웠다.

하루는 부모님이 잠시 밖에 나가셔서 집에는 나 혼자뿐이었다. 티비를 켜놨지만 소리는 들리지 않았다. 구피는 도자기 집 뒤로 들어갔다가 수초 옆으로 다시 모습을 드러냈다. 앞으로 나와서는 양옆으로 흐느적거리다 위로 올라가서 무언가라도 있는 듯이 수면에 입을 갖다 댔고, 다시 밑으로 내려와서 내 앞에 왔다. 너무 집중한 나머지 물소리조차 들리지 않았다. 그곳에는 더 이상 물이 없었다. 나는 그곳에 없었고, 수조 안 어딘가에 있었다. 물고기는 말하지 않지만 나에게 입을 뻥긋거리며 무언가를 전달한다. 어린 나는 그 말을 듣기 위해 더 가까이 간다. 하지만 아무런 소리도 들리지 않는다. 그저 뻥긋거린다. 아무런 상관도 없다는 듯이 태연한 표정으로 나에게 말을 건다. 뻥긋. 그때 무슨 소리가 들린다.

아주 높은 음의 소리. 무언가 서서히 깨지는 소리. 혹은 세포들이 분열하는 소리. 작은 알갱이들이 서로의 몸을 아주 미세하지만 빠르게 비비는 소리. 시간이 갈라지는 소리. 물고기가 낸 소리인지 고요의 소리인지 모르겠다. 작은 공기 방울들이 떠다닌다.

그 순간 그것은 물고기가 아니라 하나의 현상이 되었다. 물결과 햇살, 그리고 그곳에 생명들이 모여서 만들어진 현상. 불꽃이 실체가 없는 현상이듯이 구피도 그런 하나의 현상이 되었다. 나는 홀로 작은 몸을 이끌고 그곳 앞에 앉아 그 현상을 바라봤다. 물속에서 숨을 쉬는 독특한 도깨비불에 홀린 나는 그 앞에서 한동안 넋을 놓았다. 초록과 빨강, 어른거리는 은색. 나를 감싸는 고요의 소리. 물이 빚어낸 환각이었을까. 그 순간 정말 나는 거기에 있었을까. 물고기는 거기 있었을까. 나는 점점 모든 것이 경계를 잃어가고 하나가 되어가는 것을 느꼈다. 물고기는 나를 부르고 있었다. 덜컥, 문 열리는 소리가 났다.

"우리 다녀왔어."

부모님이 들어와서 모든 집중이 깨졌다. 물고기는 그저 물고기였다. 수초는 수초였고, 물은 역시나 보이지 않는다. 다만 물의 경계가 보여서 그것으로 그곳에 물이란 것이 있다는 사실을 알 수 있을 뿐이다. 나는 괜히 부모님께 내가 물고기에 빠져 있었다는 티를 내기 싫어서 딴짓을 했다. 고양이와 강아지, 거북이를 주장했던 내가 그렇게 물고기를 열심히 들여다본 것을 들키면 왠지 지는 것만 같았다. 나는 아무 일도 없었단 듯이 서랍장에서 카드와 딱지를 꺼내 보는 척을 했다. 부모님은 그런 나에게 아무런 관심도 없이 장 봐온 것을 풀어놓으셨다. 그래도 그 장 본 것들 속에는 소시지, 용가리 치킨, 음료수 등 나를 위한 것들이 잔뜩 들어있었다.

그 이후로는 더 이상 그런 경험을 한 적이 없다. 그러나 귓가의 그 소리는 계속해서 들린다. 높고 작은 소리. 작지만 집중하면 언제나 들리는 소리. 한번은 누군가에게 말한 적이 있는데, 그분은 나를 보며 이명이 있는 거라고 했다. 하지만 다르다. 내가 가진 것은 이명이 아니다. 청력검사에서도, 고막 검사에서도 아무런 문제가 없었다. 내 정신에도 이상이 없을 것이다. 이건 그저 하나의 습관 같은 것이다. 습관은 아무런 이유가 없다. 그러므로 이 소리에도 이유가 없는 것이다. 지금도 그 소리가 들린다.

2.

내 기억을 헤엄치는 또 다른 물고기들도 있다. 말도 제대로 떼지 못하던 시절의 나는 작은 주택에 살았고, 알 수 없는 식물무늬가 반투명한 필름으로 붙어있는 창문으로 밖을 내다보았다. 누렇게 뜬 벽지 위로 태양이라는 노란 버터를 녹인 듯한 빛살이 들어오고 있었다. 티비는 불을 담은 상자처럼 두꺼웠고 뜨거웠다. 가족은 다 같이 노란 장판 위에 앉아서 장독대처럼 반짝이는 갈색의 소파에 기대어 티비를 보고 있었다. 사과를 하나 깎아서 먹는 것이 눅눅하고 따스한 주말의 틈새에서 유일하게 반짝이는 단맛이었다. 티비 속에는 푸른 바닷속을 헤엄치는 물고기들이 잔뜩 나오고 있다. 나는 그것을 보며 말했다.

"엄마, 엄마, 저게 뭐야."

"물고기란다. 물고기."

"무꼬기? 나도 무꼬기 할래."

"물고기? 왜? 물고기 보고 싶어?"

"응 무꼬기 짱 머쪄!"

(이 당시에는 발음이 잘 되지도 않았고 스스로 그걸로 귀여움을 받는다는 것도 알아서 발음에 문제가 있었다. 이해해 주길 바란다) 어머니는 나의 괴이한 발음 속에서도 물고기를 건져 내셨고, 아버지에게 말했다.

"그럼, 우리 지한이 좋아하는 무꼬기 (원래 아이들이 있으면 부모님의 발음도 이렇게 된다. 한 번 더 양해를 구한다) 보러 갈까? 내일은 집에서 몸이나 지지지말고, 오랜만에 아쿠아리움 가는 거 어때 여보? 지한이 태어나고는 한 번도 안 가봤잖아. 아니, 태어나고는 뭐야. 애초에 우리도 연애 때 한번 가본 적 말고는 없잖아."

말하다 보니 살짝 심술이 나신 어머니셨다.

"부산 살면서 아쿠아리움 갈 필요가 없었으니 안 간 거지 뭐… 아쿠아리움 좋지. 내일 당장 가자."

그날 밤 나는 무꼬기 생각에 잠들지 못했다. 잠이 들던 부모님 사이에 끼어있던 나는 어둠 속에서 무꼬기들을 한 마리씩 뽑아냈다. 거기서 나온 무꼬기는 방 구석구석을 돌아다녔다. 장롱 속을 들어갔다 나오기도 하고, 머리맡에 놓인 작은 장을 입으로 콕콕 찔러 보기도 하였다. 그러다 내리쬐는 달빛에 사르르 녹아 없어졌고, 다시 건너편의 어둠에서 튀어나왔다. 부모님의 현실적인 근심·걱정들을 하나씩 주워 먹으며 나의 곁을 맴도는 무꼬기를 세며 세상이 아득해지는 것을 느꼈다. 그러다 정신을 차리니 어느새 아침이 되어 무꼬기 대신 먼지만 떠돌았다.

작은 자동차에 에어컨도 잘 틀어지지 않았으나, 무꼬기를 보러 간다는 생각에 신났다. 부모님은 내가 도대체 왜 무꼬기를 그렇게 좋아하는지 이해하지 못했지만, 아이들이란 원래 그렇다고 생각하고 넘어가셨다. 또 자세히 바라보면 유선형의 몸을 가지고 다 같이 다니며 비늘을 반짝거리는 모습이 어두운 바닷속에서는 더욱 빛나 보였을 수도 있다. 생전 처음 보는 생물의 형태이니 당연히 관심을 가졌을 수도 있다. 본인들도 이제껏 아쿠아리움을 가족끼리 가본 적은 없었으니, 나쁘지 않은 체험이지 않을까란 생각을 하셨다. 교육적인 측면에서든 아이를 위해서든 뭐든 좋았다.

아쿠아리움은 해운대에 있어서 가는데 다소 시간이 걸렸다. 게다가 여름의 해운대는 바다를 구경하러 온 관광객들이 많아서 주차 문제가 심각했다. 차 안은 점점 찜통처럼 더워져 갔고, 서서히 익혀지는 개구리들처럼 부모님과 나는 녹아내리고 있었다. 녹아내린 땀방울들을 모아서 차를 아쿠아리움으로 만들어도 될 기세였다. 그러다 마침내 골목에 자리를 발견했다. 비록 조금 걸어가긴 해야 하지만 더 이상 차에서 괴로워하고 있을 수만은 없었다. 때론 가만히 있는 것도 고문이 된다.

"무꼬기…무꼬기…"

나는 다 죽어 가는 아이가 마지막으로 내뱉는 신음처럼 무꼬기를 외쳤다. 부모님은 그 말을 듣고 기운을 얻어 나를 업고 아쿠아리움으로 향하셨다. 아쿠아리움 안은 파란색 음료를 들이부은 듯 푸르고 시원했다. 한 동화책에서 바다에 계속해서 푸른 물감을 푸는 할아버지 이야기가 나왔는데, 그 할아버지가 여기서 일하시나 싶은 생각이 들었다. 빙하를 녹여서 만든 것처럼 공기가 차가워서 마시는 것만으로도 몸 안의 무언가가 깨어났다.

드디어 무꼬기들을 보러 간다. 주말이라 역시 사람이 많았다. 파란 조명 아래 있으니 다들 다른 행성에서 놀러 온 사람들이라도 되는 것처럼 보였다. 표를 끊고 들어간 아쿠아리움. 동굴처럼 어둡고 푸른 공간을 내려간다. 부모님은 나의 표정을 보며 기대하고 있었다. 아이가 얼마나 좋아할까. 어젯밤부터 기다리던 무꼬기다. 이런 성취감을 얻으려고 부모가 된 것도 있다. 아이란 얼마나 단순하고 소박한 것에 감사해할 줄 아는가. 어른들은 비싼 물고기를 썰어 먹어야 얻는 행복감을, 이 아이는 무꼬기를 보는 것만으로도 얻는다. 세상이란 그리도 단순하게 행복을 느낄 수 있는 것인데 왜 우리는 먼 곳에서 찾으려 했을까. 그런데, 아이의 표정이 좋지 않다. 부모님은 의아해하셨다. 왜지? 아이가 물어본다.

"엄마, 엄마, 무꼬기는?"

"응 저기 있잖아. 다 무꼬기네!"

"무꼬기 없어…여기 어둡고 무서어…"

어머니는 놀랐다. 아버지를 쳐다본다. 아버지도 모르겠다는 표정이다. 이번엔 아버지가 말한다.

"저게 물고기야. 티비에서 본 거랑 조금 다르긴 해도 물속에서 헤엄치고 있지? 저 수조 안에 있는 게 바로 물고기야. 우리 지한이. 어제 그렇게 보고 싶어 했으면서 왜 그럴까?"

무더위를 뚫고 온 수족관이다. 이렇게 포기하실 순 없었기에 아끼고 아껴 모아둔 동전을 정성스레 세는 할머니처럼 아버지는 차근차근 설명해 주셨다. 그제야 나는 받아들이기로 했다. 저것이 무꼬기란 것을. 내가 생각한 무꼬기는, 내가 봤던 무꼬기는 자유롭게 하늘을 날아다니는 것이었다. 난 티비에 나온 푸른 곳을 헤엄치던 무꼬기를 보고 푸르른 하늘을 마음껏 무리 지어 날아다니는 무꼬기를 떠올렸다. 유선형의 몸도, 은빛 비늘도 다 필요 없었다. 그저 자유롭게 하늘을 날아다니면 됐었다.

그런데 저게 뭔가! 우주선처럼 마음껏 날아다니는 것이 아니라, 그저 물이 담긴 투명한 유리안에 갇혀서 살아가는 인생이라니! 그걸 구경하면서 좋아하는 사람들이라니, 나는 이해하지 못했다. 하지만 어린 나이라도 알 건 다 알았다. 아니 오히려 자기 생각에 잠겨있는 어른들 보다 더 많은 것을 바라볼 수 있었다. 나는 부모님의 눈에서 걱정과 실망을 읽었다. 여기서 부모님을 실망하게 할 수는 없었다. 애써 얼굴을 찡그리며 웃었다.

"아 맞네 무꼬기! 히히 좋아."

그제야 부모님은 안심하고 잔뜩 신이 나셨다.

"저건 피라냐라고 사람을 막 물어뜯어. 무섭지! 그리고 저거! 저것 좀 봐! 귀엽지! 아기 물고기들이 잔뜩 있네!"

"우와! 무꼬기 귀여워! 엄마! 아빠 고마워!"

상어는 컸고 물고기는 많았다. 바다는 파랗고 바닥은 어두웠다. 물고기는 꿈틀거리며 방향을 틀었고, 바다거북은 우물쭈물하며 나아갔지만 느렸다. 인공조명에 일렁거리는 물결이 보였다. 내가 물 밖에 있는 건지 물 안에 있는 건지 구분되지 않았다. 나는 더 이상 물고기가 되기 싫었다. 물고기가 된다면, 바다를 헤엄치고 싶었다. 수조에 갇혀 사는 물고기는 너무 끔찍했다. 어쩌면 저 때 내가 부모님께 말했던 물고기를 좋아한다는 것을 기억하고 나에게 어항과 물고기를 선물하신 걸지도 모르겠다.

아쿠아리움을 나와서 우리는 다시 차에 올라탔다. 골목에 주차했음에도 불구하고 햇빛을 다 받아서 안에 공기는 뜨거운 물을 잔뜩 받아놓은 듯 숨을 쉴 수 없었다. 겨우 차에 타서 잘 되지도 않는 에어컨 바람에 의지해 집으로 돌아갔다. 도착한 우리 집은 작았다. 어쩌면 아쿠아리움의 수족관 보다도 훨씬 더. 그날 밤 악몽 아닌 꿈을 꿨다. 차에 가득 물이 차오르고 집에도 물이 가득 차오르는 꿈을. 우리는 물고기로 변했다. 그러나 이전과 아무런 차이가 없었다. 우리 집은 우리 집이고 차는 차였다. 푸르름과 어두움은 물길을 타고 내 곁으로 다가와서 나는 그것을 마시며 숨을 쉬었다. 나는 다시 물고기의 삶도 나쁘지 않겠다고 생각했다. 지금과 크게 다르지 않게 느껴졌다.

3.

나의 친조부모께서는 오래전부터 같은 동네에서 나고 자랐고, 결혼도 지금 이 동네에서 하셔서 나의 아버지를 낳으신 후에도 쭉 이 동네에서 사셨다. 이른바 터줏대감이셨고, 마당발이었다. 햇수로만 당시 50년이 넘었으니 말이다. 그 영향으로 부모님도 결혼과 동시에 이 동네에 살면서 조부모를 모셨다.

그들은 우리와 같은 동네에 살았으며, 우리 아파트에서 걸어서 5분 걸리는 곳에 살았다. 조부모께서는 우리 아버지를 키운 그 작은 주택에서 계속 사셨고, 그런 주택들은 동네에 가득 들어차서 골목을 이루고 개미굴을 만들었다. 작은 길로는 사람들이 다녔고 큰길로는 차들이 다녔는데, 그 차들은 늘 익숙한 사람이 타고 있어서 사실 사람과 크게 차이가 없었다. 어린 시절에는 아직 수줍음, 겁이라는 감정의 열매가 맺히기 전이라, 스스럼없이 동네 친구들과 골목들을 돌아다녔다. 계곡의 자갈밭 사이를 돌아다니는 송사리들처럼 사람들의 눈을 피해 잘도 돌아다녔다.

우리의 다리는 작지만 통통하고 단단해 보였으며, 볼은 연어알처럼 붉게 빛나서 꼭 안에 알사탕을 하나씩 물고 있는 것 같았다. 우리는 손을 어찌할 줄 몰라 주먹을 꽉 쥐어 사정없이 흔들며 겁도 없이 골목골목을 뛰어다녔다. 언뜻 보기엔 학업도, 취업도, 결혼도 문제가 없던 우리는 아무런 걱정도 없어 보였다.

　그런 우리에게도 딱 두 가지 걱정이 있었는데 그중 하나가 바로 변이었다. 골목에는 반려를 갖지 못한 견들이 배설한 악취의 지뢰들이 가득했고, 가끔 나는 그것을 밟아 울상을 짓곤 했다. 길을 걸어서 다니는 어른들에게는 큰 문제가 아니었으나 매번 사정없이 달리는 우리에게 그것은 큰 문젯거리가 되었다. 더구나 주의력이 부족한 어린이들에게는 그것이 늘 당하고 나서야 깨닫는 고민거리였다.

　당하고 나면 어른들은 냄새에도 아랑곳하지 않고 우리를 비웃으며 자기 집에 있는 마당 혹은 뒤뜰의 수돗가로 가서 발을 씻겨주셨다. 도와줄 거면 비웃지 말든가, 비웃을 거면 도와주질 말든가 생각했지만 군말 없이 도움을 받았다. 우리가 피하고 조심했던 것은 그 자그마하고 멈춰있던 것만은 아니었다.

　우리는 어른들도 피해 다녔다. 그중에서도 가장 열심히 치열하게 도망치던 사람은 나였을 것이다. 변이 묻은 발을 놀리는 것도 싫었지만, 기본적으로 어른이란 생명체는 아이만 보면 사자 영화에 나오는 맨드릴 원숭이처럼 아이를 들어 올려 자랑했다. 그것이 그들의 가장 큰 유희이자 자랑거리였으며, 장난감이자, 수집품이었다. 달빛을 피하는 야행성 피식자처럼 구석구석 숨어다녔지만, 어른들의 시선은 생각보다 깊고 정확하게 우리를 비춰들었다. 길이란 결국 어른에게 맞춰 만들어진 것이어서 우리가 아무리 작다 하더라도 우리가 숨은 골목은 컸다. 그 큰 골목에서 우리는 너무 손쉽게 보이는 존재였다. 그들은 마당에서 뻗쳐나온 나무 그늘 사이에 숨어들던 우리를 잘도 잡았다.

할머니의 손에 잡힌 나는 결국 그녀의 친우들에게 얼굴을 비춰야만 했다. 앞서 말했듯 그녀는 굉장한 마당발이었고, 그들의 개미굴은 모두 하나의 혈관처럼 연결되어 있었다. 나를 그 개미굴에 한방 한방씩 돌아다니며 자랑하고 다니셨다. 젊음의 물고기가 육체를 빠져나가 청춘은 감정만이 남아버린 그들은, 더 이상 몸이 따라주지 않아 하지 못하는 일들을 원망하는 대신, 그들이 고목의 뿌리처럼 빠삭하게 퍼뜨려놓은 아직 젊은 자식과 손자들을 통해 청춘을 흡수하며 좋아했다. 시간의 강을 거칠게 헤엄치던 손자를 잡아 그 파닥거림을 관찰하며 대리만족했다. 그 퍼덕임을 보면 그들은 갓 잡은 참치를 보는 것보다도 기뻐했고, 세상에서 가장 신기한 서커스를 보는 듯 놀라워했다. 온 세상이 환희로 차올랐고, 나 또한 그 환희 속을 헤엄치는 것이 그리 나쁘지 않았다. 아직은 그 따스함이 부담스럽지 않았다. 주황빛 따스함이 싫지 않고 오히려 힘을 북돋아 주는 것 같아서, 잡히기 전에는 그렇게 싫어했지만 막상 잡히고 나서는 그 흐름에 몸을 맡겨 그대로 즐겼다. 춤을 추고, 노래를 불렀으며, 해맑게 함박웃음을 지었다. 내 몸에서도 그 주황빛이 퍼져나가는 것을 느꼈다. 동네의 혈관을 타고 그 밝은 기운이 널리 퍼졌다.

그들은 늘 같은 한식 음식점에서 만나서 이야기를 나누고 고스톱을 쳤다. 바닥에는 진녹색의 담요를 깔고 그 아래 돈들을 넣어 놓는다. 낙엽처럼 깔린 지폐들 사이엔 도토리처럼 동전도 몇 개씩 들어있다. 다람쥐가 잊어버린 도토리가 숲을 이룬다면, 이들이 잃어버린 돈은 더 큰 뿌리들로 자란다. 돈을 잃고 얻으면서 신뢰는 짙어졌다. 나도 그곳에 자주 불려 가서 앉아 있었는데, 아주머니들, 지금은 할머니들이 되어버리신 분들, 은 나를 예뻐하시며 소중히 모아둔 낙엽과 도토리를 나눠주셨다. 어쩌면 나를 구경시켜 준 것에 대한, 그녀에게 주는 일종의 관람료였을지도 모른다. 나는 그것의 가치도 모른 채 이것을 어머니께 가져가면 좋아한다는 것만 알았다. 그 모습을 상상하니 나도 덩달아 기분이 좋아졌다. 어른들은 어린 게 벌써 돈을 좋아한다며 놀리셨다.

하루는 그들이 나를 위해 생선구이를 시켜주셨다. 생선조림이나 탕은 내가 매워서 못 먹기 때문이었을 것이다. 그 자상함에 생선은 노릇하게 잘 구워져 있었다. 나의 조모는 능숙한 솜씨로 젓가락을 집어넣어 생선의 살을 들춰냈고, 그러자 바삭하고 검은 생선 비늘 아래로 포슬포슬한 하얀 속살이 윤기를 드러냈다. 김이 모락모락 올라온다. 그리곤 가시를 발라내어 내가 먹기 좋은 크기로 분리해 주셨다.

그러나 내가 관심을 가진 것은 바로 생선의 눈 이었다. 다들 생선의 미끄덩한 비늘도 먹고, 바싹하게 구워진 지느러미조차도 먹었는데, 어찌 된 것인지 도대체 생선의 눈은 먹지 않았다. 심지어는 뼈를 씹어 먹는 사람도 있었는데 말이다!

나는 정확한 이유는 잘 기억나지 않지만 아마도 짙은 호기심에 그것을 먹어 봤다. 그래 첫 시작은 호기심이었을 것이 분명하다. 어린 나이란 그런 것이다. 모든 것이 새로운 시작이었을 나이였기 때문에 습관이나 안정감 혹은 호감 때문에 진행하는 일이 없었다. 오직 호기심만이 가득 차 있고, 그런 순수한 호기심 때문에 움직이는 시기다.

그래서 아이들의 행동을 보면 인간의 호기심이 어떻게 흐르고 움직이는지 알 수 있다. 그 시절 모두가 꺼리던 그 생선의 눈도 순수한 호기심의 정기만을 따라가면 입으로 들어가 버리고 만다. 눈으로 보이고 냄새도 맡아진다. 손으로 잡히며 소리도 들린다. 이제 남은 감각은 오직 맛. 그 마지막 감각을 채울 호기심이 생기는 것은 당연하다. 나는 그것을 입에 넣고 굴려 봤다. 겉은 바삭하고 미끈하며 짭조름한 것이 물고기의 비늘과 크게 다르지 않았다. 그러나 씹으면 씹을수록 콧물처럼 미끄덩거리며 녹아내렸다. 흔히 입에서 살살 녹는다는 표현을 쓰지만, 정말로 입에서 살살 녹는 것은 눈알의 겉이었다. 그 녹아내리는 짭짤함 안에는 단단한 돌멩이 같은 것이 씹혔다. 비비탄 총알 같기도 한 알맹이는 그리 단단하지는 않았고 이빨 자국이 날 정도의 강도였다. 이런 식감은 그 어디에도 없었다. 미끈함 속에 숨은 단단함. 결국 난 그것을 삼키지 못하고 뱉어낸다. 그 형태는 작은 돌멩이 같았고 하야면서 상어의 뼈같이 푸른 상아색을 띠고 있었다.

그 후로도 나는 생선의 눈을 자주 먹었다. 사람들은 나의 그런 행동을 특이하게 여겼다. 이전과는 다른 시선으로 나를 바라보셨다. 내가 관심을 끌기 위해서나 특이해 보이려고 그러는 줄 알았지만, 그 반대였다. 내 입장에서는 오히려 그것을 먹지 않는 사람들이 더 특이하게 느껴졌으며, 당연히 그들이 관심받을 대상이었다. 되려 나는 관심을 받지 않고 평범하게 살기 위해 몸에 힘을 빼고 호기심, 그 순수한 본능에 몸을 맡긴 것뿐이었다.

하지만 사람이란 존재는 그리 순수하지 못하다. 체면이나 관습, 혹은 선입견에 몸이 굳어져, 순수한 호기심을 따르는 것을 오히려 이상하게 보았다.

또한 생선의 눈은 단순히 우리의 눈과는 다른 개념의 것이다. 물고기 하면 사람들은 짧은 기억력을 연상한다. 생선은 금방 본 것도 기억 못 하며, 아무리 넓은 바다를 다녀도 기억하지 못한다고 생각한다. 그러나 물고기도 종마다 그 지능의 수준 정도가 다르며, 두뇌가 큰 물고기는 더 잘 기억한다.

즉, 작은 어항에 사는 물고기의 기억력은 정말 3초일지도 모르지만, 저 넓은 대양을 헤엄치며 다니던 커다란 물고기는 기억력이 좋다. 우리가 무시하던 그들은 사실 넓고 푸른 바다를 기억한다. 공기로 숨을 쉬며 땅에 붙어서 살아가는 우리 인간보다 훨씬 많은 것을 보고, 더욱 확장된 행동반경을 가졌다. 그들이야말로 위아래를 포함해서 자유로이 3차원을 돌아다니는 존재다. 그리고 그 모든 것을 담은 눈을 먹었다는 것은 나로서는 어쩌면 하나의 상징이었을 지도 모른다. 이것을 이해하지 못하는 그들은 나를 걱정하였다. 걱정도 일종의 관심이니 말이다.

4.

나도 남들처럼 초등학생이 되었다. 초등학교에 갓 들어간 나는 긴장한 탓인지 작고 하얀 코에서 검붉은 피를 흘렸다. 우량아로 태어난 나였지만, 시간이 흐르며 성장을 하는 과정에서 몸이 정신의 그것을 따라가지 못하고 힘을 딸려 했다. 우량아 시절의 내가 아직 채 기억 속에서 지워지기도 전에 그런 나약한 모습을 보여준 탓에 조부모께서는 걱정의 목소리를 높이셨다. 특히 내게 음식을 계속해서 챙겨 먹이던 할머니께서는 이런 모습을 보시더니, 우리 부모님께서 잘 챙겨주지 않은 탓이라며 말씀하셨다.

"아니, 그렇게 건강하던 애가 이렇게 마른 걸 보니 요즘 제대로 안 먹이나 보구나. 이렇게 코피까지 흘릴 정도로 애를 고생시키는 건 너무 한 거 아니니?"

하지만 그것은 그리 맞지 않는 말이라고 생각했다. 사람에게는 타고난 유전자가 있었고, 그것이 어릴 땐 잠자코 있더라도 뒤늦게 발현하여 성장에 영향을 주는 경우도 있다. 아버지께서는 본인도 연약한 어린 시절을 보낸지라, 이미 이것을 예상하셨다는 듯 말씀하셨다.

"어머니 저도 이렇게 마른 걸 보면, 그리고 애 엄마도 저리 마른 것을 보면 안 먹어서 그런 게 아니라 원래 그런 체질인 거예요. 그럼, 제가 이렇게 마른 것도 어머니께서 잘 안 챙겨 주셨기 때문인가요? 너무 걱정하지 마세요. 저도 장가가고 10킬로는 더 쪘잖아요. 아직 어리니, 또, 사춘기가 오면 더 튼튼해질 거예요."

이런 식으로 그녀를 설득해 돌려보냈지만, 내심 걱정을 하셨던 부모님은 둘이 작은 회의를 여셨다.

"어머니 말씀처럼 애가 코피를 흘릴 정도면 많이 약하긴 한 것 같아. 나는 비록 약하고 힘없이 컸더라도, 우리 애는 힘을 내도록 해야지. 사내 녀석이 저렇게 힘없이 있는 것도 보기 좋지 않아. 특히 요즘 세상은 정말이지 격동의 시기인데, 더 패기 있게 살아야지."

"내 생각도 그래요. 아무래도 기운 나는 보약이라도 지어야 하는 가봐요. 미리 애가 힘든 걸 몰라줘서 괜히 미안하네요."

이런 걱정 섞인 대화가 오고 갔으나, 문제는 그 대화가 내 앞에서 오갔다는 것이고, 더 큰 문제는 내가 생각하는 나의 고민, 걱정과는 전혀 맞지 않는 고민을 하고 계셨다는 것이다. 아버지는 본인의 문제에 빗대어 나에게 공감을 해주셨다. 하지만 공감이라는 것은 상대방의 기분을 알아주는 것이지 상대방의 기분을 자신의 기준에 끼워 맞추는 것이 아니다.

가끔 본인이 가진 고민과 비슷한 결의 고민을 보면 무작정 자신의 고민과 같을 것이라며 지레짐작하는 경우가 있다. 그러나 흐르는 피의 검붉은 빛과, 고요 속에 피어난 장미의 검붉은 빛과, 어두워지는 노을 속에 타는 듯 검붉어지는 하늘빛이 전혀 다른 것이듯 아버지의 고민과 나의 고민은 전혀 다른 과정과 결을 지닌 것이었다. 이 둘을 헷갈렸으니 그 회의를 지켜보던 어린 당사자로서는 어이가 없을 따름이었다. 한층 더 가서 알 수 없는 억울함을 느꼈다.

나는 스스로가 내면까지 나약하지는 않다고 생각했다. 오히려 반대였다. 나는 본래 왕성한 호기심을 갖고 모험하는 것을 좋아하던 성향이었으므로 낮이면 여기저기 들쑤시고 다니기 일쑤였고, 그래도 성에 차지 않으면 산책을 충분히 하지 못한 시바견처럼 침대에 누워 마구 이불과 베개를 걷어차곤 했다. 이렇게 매일 기력을 소비해 대니 어린 아이의 몸이 따라가지 못하는 것은 당연지사였다.

나의 문제는 몸과 마음이 나약한 것이 아니라, 마음이 너무 넘치는 나머지 몸이라는 그릇을 깨는 것이었다. 즉 불균형의 문제였다. 이것을 모르고 나를 나약하기만 하다며 본인과 동일시하며 나의 열정을 경시하는 행동은 정말이지 자존심이 상하는 일이 아닐 수 없었다.

내가 하루 종일 기운이 없다고 하지만, 그건 그들보다 훨씬 열심히 한낮을 살아서 몸에 과부하가 걸렸기 때문이라는 것을 모르고 하는 말이다. 결국 내가 그들의 말처럼 보약을 먹게 된다면 내 몸 안의 열은 더욱 끓어올라 신체를 더더욱 힘들게 할 뿐이었다.

이것을 모르는 그들은 나에게 보약을 지어주었고, 시도 때도 없이 열기를 돋우는 음식을 먹이고 말았다. 나는 결국 몸에 열이 들끓어서 차분하지 못하고 어딘가 비뚤어진 열정을 가진 채로 지내게 되었다. 몸에 열이 많은지라 더위도 잘 타고 땀도 잘 난다. 얼굴에는 기름기가 시도 때도 없이 올라오며 얌전히 못 있고 다리를 떨며 에너지를 발산하게 되었다.

　이렇게 내 몸은 열이 차오르게 되었는데, 이는 또 다른 예상치 못한 부작용을 불러일으켰다. 바로 열에 대한 예민함이다. 그중에서도 나는 음식을 먹으면 올라오는 열감을 견디지 못하게 되었다. 다른 이들은 체력이 떨어진다면 음식을 찾고 그 포만감을 즐기기 마련이다. 그러나 나는 소화의 과정에서 나오는 열감을 그대로 느껴버려 오히려 불쾌해졌다. 마치 감기라도 걸린 듯 얼굴이 뜨거워지고, 시한폭탄이라도 된 듯 몸과 마음이 과부하 되어 터질 준비를 마쳤다. 나는 이 감각이 끔찍이도 싫어서, 말라가는 수도승처럼 음식을 거부하기에 이르렀다. 그 어떤 종교적인 이유도 없이 오직 나의 감정에 의해서 말이다. 종교란 대중 사이에 떠도는 감정이고, 나의 감정은 온전히 나만의 것이니 어찌 보면 더 진솔하고 현실적이다.

　이를 본 어른들은 애가 음식을 조금도 먹지 않으려 하고 식사 시간을 본능적으로 피하니 애가 탔고, 그렇기에 더욱 보약을 먹여서라도 치료해야겠다고 생각하셨다. 한번 보약을 먹이기 시작한 이상 완벽히 건강해질 때까지 멈출 수 없었다. 잘못된 공감은 이런 악순환을 낳아버렸다. 한 번이라도 나의 입장을 알려고 했다면 이러지 않았을 수도 있다.

그러나 누군가 말했듯이 그들도 부모는 처음이라서 물어야 한다는 생각조차 하지 못했고, 나 또한 자식이 처음이라 차마 먼저 말할 생각을 하지 못했다. 더군다나 내가 언어를 배운 대상은 어른이었는데, 상급자에게 배우는 언어란 것은 명령의 언어일 뿐이다. 그들이 무언가를 시키는 말을 내가 들었고, 내가 거기에 답하는 방법을 배웠다. 그 이상을 말해야 한다는 것도, 어떻게 말을 꺼내야 할지도 전혀 배우지 못했다.

아이들이 의견이 없는 미성숙한 존재라서가 아니다. 그들은 의견을 가졌으나 아직 그것에 의견이라는 이름을 붙이지 못했을 뿐이다. 그러면 그 타오르는 욕망과 주장들은 갈곳을 잃고 떠돌아다닌다. 자기주장이 강한 아이일수록 말로 나오지 못한 표현을 행동으로 표현하게 된다. 그리고 그것은 결국 어른들이 기존에 가지고 있던 가치와 부딪히게 된다. 기존의 가치들이란 말로 표현되어 정리된 것들이고, 표현되지 못한 욕구들은 말보다 더욱 원초적인 것이기에 보편적 가치의 기준에서 보면 지극히 부조리한 것이기 때문이다. 부딪힐 수밖에 없다.

나는 말하지 못했다. 이미 부딪히는 것에 지쳤고, 원초적인 욕구들이 말에 담기며 '정리' 당하는 것에 지쳤기 때문이다. 너무 이른 나이에 포기해 버린 걸지도 모른다. 그러나 거세라는 표현을 쓰지는 않을 것이다. 그 표현마저도 너무 정리된 것이기 때문이다.

악순환 탓인지 나의 유전자가 더 심하게 나의 성장을 막기 시작한 것인지 나의 몸은 갈수록 악화하였다. 그러나 나의 열정만은 그대로였으므로 그 괴리감에 점점 불만족은 커져만 갔다. 또한 어른들의 '정리'는 날이 갈수록 거세어졌다. 덕분에 나도 이제는 어느 정도 감정을 말로 조리 있게 표현할 수 있는 나이가 되어갔지만, 부딪히는 것이 싫어 점점 소극적으로만 변해갔고, 할 수 있음에도 안 한다는 것에 대한 자괴감과 참았다는 묘한 자부심을 동시에 느꼈다. 소극적인 것은 그런 병적인 쾌감을 가져다 주기도 한다.

통통하고 단단하던 팔다리는 길쭉하고 얇아져만 갔고, 사고는 몸에 땀구멍 하나하나를 통해 뒤틀려 뿜어져 불쾌한 향을 내기 시작했다. 나의 인생은 점점 활기를 잃어갔고 무기력에 점철되어 갔다. 물론 아직 그런 것을 깨닫기에는 머리에 담긴 표현이 너무 건전했지만 말이다. 다만 어렴풋이 그 향을 맡았고, 그런 모습을 발견한 부모님은 다시 새로운 보약을 지어주셨다. 생선의 눈까지 먹어서 사람들에게 걱정을 당하던 나는 이제 어느 것도 먹지 않아서 걱정을 당하고 있었다. 단 한 번도 걱정을 바란 적이 없었다. 일방적으로 격의 없이 가해지던 걱정은 나에게 폭력이었다. 나는 관심도, 동정도 필요 없었고, 반항을 하려 한 것도, 관심을 받으려 한 것도 아니었다.

5.

보약에 절여진 나는 열기를 해소할 방도를 찾지 못했다. 결국 몸의 열기가 너무나도 짙게 쌓여서, 이윽고 사람들과의 접촉 자체를 꺼리게 되었다. 사람들에게는 체온이 있었고, 사람 두 명이 모이면 그들의 사회적인 마찰력으로 인해 관계라는 열이 발생한다. 좋은 관계는 '정'이라는 열을, 나쁜 관계는 '갈등'이라는 열을 배출한다. 그것이 싫었다. 하지만 관계에 대한 불호를 이해하기에는 너무나 상투적인 시대였고, 나는 너무나 강인해야만 했던 성별이었다. 그 시절의 남자아이라면 무릇 뛰어놀며 활기찼어야 했다.

요즘이야 I며 E며 존중받지만, 당시에는 소극적인 아이를 모자란 아이 취급하였다. 그렇게 나는 모자란 아이로 자랐다. 더는 귀여운 애교로 여기지 않았다. 보약도 약의 일종이라면 사실상 나는 병자로 취급당한 지 오래됐다.

사람이란 사람은 다 피했고, 심지어는 가족에게도 거리를 두려 했다. 그전에 멋모르던 시절에는 삼촌이며, 이모며, 조부모며, 부모며 다 따랐으나, 초등학교 저학년이 되던 그때부터는 더 이상 그 누구도 따르지 않았으며, 어른들의 관심을 부담으로 인식하기 시작했다. 더군다나 관심은 관심일 뿐이지 이해와는 달랐고, 그것이 또다시 차이가 되어 부딪힌다는 것을 몸으로 익혀왔던 터라 더욱 피하게 되었다. 내가 바란 건 더욱 깊은 이해였지 나를 향한 비뚤어진 동정과

연민, 그리고 해결책이 아니었다.

우리 가족은 말했다시피 조부모님을 모시고 사는 대가족이었다. 조부모님은 늘 우리 집을 방문하셨다. 그래서 매 식사 시간과 같이 가족과 함께하는 시간이면 온 가족이 그 좁은 부엌에 앉아서 밥을 먹었고, 그 좁은 거실에 옹기종기 모여서 티비를 보았다. 그러면 그 좁은 공간은 사람의 입에서 나온 더운 공기와 체온으로 가득 차서 습도며 온도며 굉장히 높아졌다.

나는 안 그래도 몸에 열이 많은데 그 열기와 습기를 받으면 더 불쾌해질 수밖에 없었다. 매 순간이 사우나에 앉아 있는 느낌이었고, 가족들과 살과 살을 맞대고 그들의 날숨을 그대로 받아먹는 느낌이었다. 노인의 날숨, 어른의 날숨, 그리고 나의 날숨, 노인의 냄새, 어른의 냄새, 나의 냄새, 노인의 땀, 어른의 땀, 나의 땀, 그 축축하고 끈덕지며 후텁지근한 모든 것들이 나의 신경을 자극했다. 한여름 짙은 안개에 갇혀 떠도는 괴로움은 어떻게 해도 벗어날 수 없었다. 스트레스는 스트레스대로 받고, 더위는 더위대로 먹어서 얼굴이 벌게지고 번들거렸다. 그러니 코피는 다시 나오게 되어버린다. 그러면 어른들은 다시 입을 모아 이야기한다.

"저 애가 약해서 얼굴도 벌게지고, 땀도 흘리면서, 코피까지 내뿜네! 얼른 약을 더 먹이고, 밥을 더 먹여야지. 그리고 몸이 약하니 따뜻한 음식을 배에 가득 채워야겠어."

　나에겐 그만큼 괴로운 말이 없었다. 내가 거기에 한마디를 하기라도 하면 그들은 그냥 내가 편식하는 것이라 여겼고, 밥을 먹기 싫어서 꾀를 쓴다고 여겼다. 또한 이제 좀 컸다고 가족에게 거리를 두는 것이라 여겼다. 벌써 사춘기가 왔다며 비아냥거렸다.

　가족의 정이 부담스럽고 나를 괴롭힌다는 것은 그 누구도 이해하지 못했다. 그 더운 공기는 내게 그 어떤 약보다도 독하고 썼다. 몸에 좋은 것은 쓰다지만, 그것이 입에 쓴 것이 무조건 몸에 좋다는 뜻은 아니다. 그 쓰디쓴 정은 나의 몸을 아프게 했다. 하지만 그들의 말만을 지고지순 따르던 나는, 나의 몸이 아픈 것과 그들의 정이 부담스러운 것이 정말로 나의 잘못이라고 여겼다. '나는 나쁘고 아픈 아이구나.'란 생각을 하게 되었다. 또한 '소심하게 짝이 없고 나약한 천성을 타고났나 보다.' 생각하게 되었다. 고통스러웠으나 그 문제의 원인은 늘 나였다.

　그 고민은 가족의 고민으로 이어져서 아이들과도 멀어지게 되었다. 우리 동네의 커뮤니티는 할머니를 통해 이어졌다고 말했다. 그 공동체에 '지한이는 약하고 소심해서 사람들과 어울리기를 싫어하는 아이.'란 말이 퍼지게 되었다. 그로 인해 그들의 자식, 손자들도 나를 그렇게 받아들였고, 모든 흐름은 나를 그리로 이끌었다. 마음속 불꽃이 아무리 강하게 타오른다고 하여도 불꽃은 바람을 따라갈 수밖에 없었다. 마을의 모두가 나를 약한 아이로 대하며 지극정성으로 보살폈으며, 예의주시하여서 위험한 것을 피하게 하였다.

"지한이는 이런 거 잘 못하지? 이런 거 싫어하지?" 하며 말이다. 그리고 소심한 아이가 된 나에게 그들은 말했다

"지한이는 잘 못 어울리니 너희가 잘 좀 챙겨줘. 그렇다고 너무 가까이 가서 부담스럽게는 하지 말고."

나는 하루아침에 나의 소꿉친구들을 잃었다. 그들은 스스로 말과 행동을 통해 무언가를 판단하기보다는 아직 어른들의 말을 따를 수밖에 없는 나이였고, 그들의 눈에 보이는 것이 아무리 빨강이라고 하더라도 그들의 보호자가 파랑이라고 하면 하는 수 없이 파랑처럼 행동하던 어린 나이였다. 그렇게 모두의 '보호'를 받으며 나의 어린 시절은 조금씩 변화를 맞이하고 있었다. 마구잡이로 동네의 골목을 휘젓고 다니던 나는 어느새 누구보다 약해서 함부로 나다니기를 싫어하는 아이가 되었고, 그 독립적이던 아이는 부모의 치마를 벗어나지 못하는 아이가 되었다.

그리고 마침내 실제로 그렇게 행동하기에 이르렀다. 그것이 내가 어린 시절 획득하게 된 천성이란 것이다. 누군가는 천성이라는 기질을 사람이 타고난다고 생각한다. 그러나 나는 이러한 사건을 통해 천성을 부여받았다. 활발하고 독립

적이던 아이에서 나약하고 의존적인 아이로. 한 인간의 천성은 그토록 변하기 쉬운 것이었고, 사회는 생각보다 훨씬 힘이 강했다. 작은 아이였던 내가 아무리 힘을 써도 그 흐름을 바꾸기란 힘든 것이었다.

아직도 부모님께 나의 어린 시절을 여쭤보면 그들은 내가 활발하고 독립적이었던 시절을 잘 기억하지 못하신다. 설령 기억한다고 하더라도 집에서만 개구쟁이였지, 태어날 때만 건강했지. 어느 순간부터 약하고 예민하고, 소극적으로 변했다고 기억하신다. '내가' 변했다고만 말이다.

이런 나의 괴리를 통한 성장은 그 이후에도 이어졌고, 나의 변화도 오래도록 계속되었다. 아니 오히려 더욱 심해졌다. 다들 그런 경험이 있을 것이다. 공부하려고 했는데 어른들이 공부하라고 한 경험. 혹은 김치를 먹으려고 했는데 어른들이 김치를 먹으라고 한 경험. 그러고는 말하길

"쟤는 죽어도 김치를 안 먹더라고. 그러니까 억지로 먹이지는 마. 비록 지탄받아야 할 일이지만, 나는 그 맘 다 이해해. 어려서 그런 거야."

그런 말을 들으면 김치를 먹으려고 한 사람도 김치를 먹기 싫어진다. 괜히 심리전에서 진 것 같고, 그런 말을 듣고 얕은꾀임에 넘어가서 김치를 먹으려 한 것 같이 느껴지니 말이다. 그럼 어른들은, 저 놈은 정말 김치를 안 먹는 놈이라고 동네방네 소문을 퍼뜨리고 (원래 어른이란 소문을 퍼뜨

리길 좋아한다. 혹은 소문을 퍼뜨리길 좋아하는 사람들만이 어른으로 성장하는 것일지도 모른다) 이미 손가락질을 받은 대로 받은 아이는 결국 정말로 김치 따위는 먹지 말아야겠다고 다짐하게 된다.

물론 내가 김치를 먹지 않는다는 것도 사실이다.

2장

6.

초등학교 3학년이 되었다. 아파트 단지에는 듬성듬성 나무들이 솟아있고, 푸른 나뭇잎이 파도친다. 그 사이로 햇살이 떨어졌고, 나는 떨어지는 햇살을 맞으며 홀로 하교했다. 나뭇잎이 부딪히며 만들어내는 바람의 소리가 청각을 다 차지했다. 부모님은 맞벌이 부부셨기에 누구처럼 데리러 나오시는 어른도 없었고, 학원이나 방과후 수업도 하지 않았기에 학원의 노란 셔틀버스를 탄 적도, 방과후 교실의 햇살 냄새를 맡아본 적도 없었다. 그러던 어느날, 나의 몸과 마음이 야위어 가고 있음을 아시는 부모님께서 정신교육과 육체 단련 모두를 담당하는 곳으로 나를 보내셨다. 그들이 선택한 곳은 태권도 도장이었다.

당시의 학생들은 다양한 예체능 활동을 지원받았다. 학교를 마치면 집으로 가기 바쁜 것이 아니라 그 작은 신발들로 운동장에 노란 흙먼지를 일으키며 학원으로 향했다. 미술학원, 바둑학원, 주산학원, 그리고 검도와 태권도, 피아노까지. 학교에서 배우지 않았던, 혹은 나중에라도 배우게 될 많은 것들을 배우곤 했다. 흩어진 아이들은 다시 각자의 학원에서 모여 새로운 그룹을 형성하였다.

부모님은 태권도 도장을 보내야겠다고 다짐하신 뒤 바로 발걸음을 옮기셨다. 노는 토요일이었다. 하늘은 파랬고 검은 아스팔트는 주황빛으로 빛났다. 나를 깨끗이 씻긴 후 예쁜 옷을 입혀서 태권도 도장에 갔다. 가는 길은 처음 보는 길이었고, 따스한 밖과는 동떨어진 것만 같은 회색의 지하도를 거쳐야 했다. 셔틀버스를 타지 않아도 될 만큼 초등학교와 가까웠다. 그러나 지하도를 건너 나오는 과정이 마치 다른 세계로 넘어가는 느낌이었고, 한 번도 가본 적이 없던 동네는 우리 동네와는 또 다른 분위기였다. 지하도의 위에는 큰 도로가 있어서 차들이 거센 강을 거슬러 오르는 연어처럼 무섭게 달리고 있었고, 낮은 건물들 사이에서 우리 아파트만 유일한 높은 건물이었던 우리 동네와는 달리 모든 건물이 5층은 넘었다. 낮은 건물들 사이로 계곡처럼 나 있던 작은 골목들은, 이곳에선 아스팔트가 깔리고 높은 건물들 사이에 있는 깊은 협곡처럼 느껴졌다. 나는 한순간 어른의 세계에 들어온 느낌이었다.

그 건물 중 가장 앞에는 분식집이 있었다. 건물 1층 바깥 쪽으로 아주머니가 우리를 보고 계셨고, 한 손으로는 떡볶이를 휘저으며 반대 손으로는 튀김을 튀기고 계셨다. 분식집 앞에는 나보다 훨씬 큰, 그러나 부모님보다는 훨씬 작은, 누나와 형들이 떡꼬치를 먹고 있었다. 나는 눈이 마주칠까 두려웠고, 이 거대한 세계가 낯설었다.

한 건물에 크게 태권도장 이름이 적혀있었다. 건물에는 엘리베이터가 없이 회색의 계단만이 있어서 힘겹게 올라갔다. 계단의 높이는 어른에게 맞춰진 듯했다. 들어갈 때는 신발을 벗었다. 나는 캐릭터가 그려진 내 양말이 다소 부끄러웠다.

태권도 도장 안에는 충격 흡수를 위한 완화제 같은 것들이 벽이며 바닥이며 파랗고 빨갛게 잔뜩 깔려있었다. 그리고 한쪽 벽에는 전체가 다 비칠 만큼 커다란 거울이 있어서 내 모습도 보였고, 다른 쪽 벽에는 탈의실로 가는 문과 태극기가 있었다. 나머지 한쪽 벽에는 창문이 있어서 노란 햇빛이 도장 안을 가득 채우고 있었다. 분명 계단까지는 딱딱한 회색의 공간이었는데, 그곳만은 다른 세상이 펼쳐져 있었다. 햇살을 듬뿍 머금어 선명하게 빛나는 푸른색과 붉은색. 노란 공기 사이로 반짝이는 먼지들, 누구도 없이 공허했으나 따스함으로 가득 차 있던 넓은 도장. 나는 문득 설레었다.

그때 우리가 들어온 문 옆에 쌍둥이처럼 서 있던 다른 문으로 한 남성이 나왔다. 나이는 30대 중반으로 보였고, 더벅머리에 얼굴은 하얗지만 약간의 붉은 기가 돌았다. 턱에는 하얀 도화지에 뿌려진 검은 모래알들처럼 수염 자국이 남아있었고, 검은 송충이처럼 두껍고 검은 눈썹이 마치 호랑이 같았다. 눈빛은 총기가 넘쳤다. 흑진주처럼 빛났다. 백지에 그어진 묵 같은 털들의 조화가 인상적인 사람이었다.

"앗, 안녕하세요. 전화로 등록한다고 하신 분이시죠?"

목소리에는 청춘이 넘쳤으나 묘하게 억누르며 예의를 차리는 것이 느껴졌다. 이미 부모님은 전화로 어느 정도 말씀을 하셨었던 탓에 이야기는 금방 진행됐다. 그는 쉬는 날임에도 우리가 온다는 걸 듣고 도복을 입고 체육관에 나와 있었나 싶다. 흰색 도복과 검은 띠는 그의 하얀 피부와 검은 눈썹에 잘 어울렸다. 더 이야기할 것은 없어 보였고, 간단한 서류를 작성하였다. 그리고 부모님은 나에 대한 몇 가지 당부를 하셨다.

"애가 선천적으로 좀 약하고, 내향적이라서 잘 부탁드려요. 그리고 여기 다니면 사회성도 좀 길러지겠죠?"

이번에도 역시 내가 듣고 있다는 사실을 모르는 듯 말씀하셨다. 그럴 때면 난 애써 안 들리는 척을 해야 한다.

"그럼요 너무 걱정하지 마세요. 그래도 애가 아주 똑똑하게 생겼네요. 너무 걱정 안 하셔도 됩니다."

나를 두둔해 준 것은 오히려 태권도 사범님이셨다.

"그렇게 봐주신다니 감사해요. 그럼 다음 주 월요일부터 바로 보내면 되겠죠? 혼자 올 수 있을까요?"

나는 당연히 가능하다고 생각했다. 나도 이제 초등학교 3학년이었다. 무려 3학년. 1학년도 2학년도 아닌 3학년.

"너무 걱정되시면 저희 6학년 애들이랑 같이 보내시죠. 학교 마치고 집 앞에 나와 있으면 한 명이 데리러 갈 겁니다."

"그래요? 그래 주신다면 너무 감사하죠. "

어느새 월요일이 되었고 봄비가 내렸다. 화사한 포근함 속을 가르는 회색빛의 물방울은 아직 차가웠고, 땅에서는 손톱으로 책상을 두드리는 소리가 났다. 우산을 가지고 나오기 귀찮기도 했고, 초등학교 6학년 형을 만나는 첫날 괜히 센 척을 하고 싶었던 나는 우산도 없이 내리는 비들 사이를 바라봤다. 우산은 참 많기도 했다. 무채색으로 변한 세상 속 우산과 장화가 유일하게 색채를 빛내고 있었다.

파란 우산 하나가 이리로 다가왔다. 다시 보니 형 한 명이 우산을 들고 나를 데리러 온 것이었다. 우산이 스스로 움직일 리가 없었다. 형은 덩치가 좀 있었고 피부는 까무잡잡했다. 코는 낮지만 넓었으며 눈썹은 진했고, 입술은 두꺼웠으나 눈 자체는 얇았다. 머리는 짧았지만 덥수룩했다. 우산 밑이라 그 검은 얼굴이 그림자에 가려져 더욱 어두워 보였다.

나는 조금 무서웠던 터라 반갑다는 인사도, 감사하다는 인사도 먼저 하지 못했다. 그가 먼저 인사를 건넸다. 그의 이름은 P. 변성기가 찾아온 듯 살짝은 낮고 조금은 삑사리가 날 것 같은 날 것의 목소리였다. 그제야 나는 빗소리보다 조금 더 큰 목소리로 인사를 했다. 어른 말고 다른 대상에게 쓴 첫 존댓말이었던 탓에 다소 어색하고 낯간지러웠다. 나는 그의 우산 밑으로 들어갔다. 발을 맞춰 걸으려 했지만 다리 길이가 많이 차이 났던 터라 다소 힘들었다. 그는 또래 중에서도 덩치가 컸고, 나는 또래 중에서도 덩치가 작았다. 우리 둘의 키 차이는 클 수밖에 없었다.

형과 다시 방문한 도장은 생각보다 오래 걸렸다. 주말 내내 기대했었지만 막상 들어가려니 막막했다. 이미 나를 빼고 친한 아이들은 삼삼오오 모여서 맛있는 간식을 보고 몰린 물고기처럼 이야깃거리를 뜯고 있었다. 주말에 보았던 공간을 꽉 채우던 빛은 온 데 간 데 보이지 않았다. 오직 무채색의 창문과 온 도장을 왕왕하고 울리는 아이들의 대화 소리만이 가득했다. 흔히 내향형이 모르는 사람으로 가득 찬 방에 들어가는 상상을 하고 끔찍해하곤 하는데, 이 경우는 그보다 훨씬 더 심했다. 그 나잇대는 대부분이 외향형이었지만 사회적 스킬은 발달하지 않은 시기라서, 처음 보는 사람을 챙겨야 한다고 생각하지 않는다. 그렇기에 대화는 거칠고 크게 넘실댔고, 형은 사람의 바다를 헤쳐 나가며 내가 갈 길을 뚫어주었다.

그는 사범님께 도복을 받아서 나를 탈의실로 안내했다. 태극기 밑에 있는 문으로 들어가니 나왔다. 탈의실은 휘귀 냄비처럼 칸막이로 성별에 따라 구분 되어있었고, 각 탈의실에는 나무로 만들어진 네모난 벌집 같은 것이 있어서 거기에 각자의 짐을 넣었다. 자물쇠도, CCTV도 없었지만 서로의 믿음이 있기에 가득했다. 그 시절이라 가능했던 것인지, 그 나이라서 가능했던 것인지, 사범님이 만든 그 흐름이 었기에 가능했던 것인지는 모르겠다. 어린아이들은 사회적 규칙이 몸에 배지 않아 다루기 어렵지만, 반대로 새 규칙을 가르치기 쉬워 한편으로는 다루기 쉽다.

나는 난생처음 보는 또래 앞에서 옷을 벗는 것이 살짝 민망했다. 아버지와 할아버지를 따라서 자주 공중목욕탕을 갔기에 나이 든 사람들의 벗은 모습은 넘치도록 보았다. 그들의 낡고 지친 몸들을 보는 것도, 그리고 그들에게 나의 모습을 보여주는 것도 아무런 문제가 없었다. 그러나 또래의 앞에서는 처음이었다. 그것도 이런 밀폐된 공간에서 단둘이 말이다.

형은 아무렇지도 않은 듯 옷을 벗었다. 나도 내가 민망해한다는 것을 들키기 싫어서 얼른 옷을 벗었다. 순간 팬티만

남기고 알몸이 되었다. 형의 몸은 나이 든 사람과는 다르게 매끈했으며, 나와는 다르게 검고 울퉁불퉁했다. 마치 예술가가 검은 돌을 정성스레 조각하고 윤기까지 나게 만든 것 같았다. 그 앞에 서니 내 몸이 한층 더 볼품없어 보였다. 내 몸은 그리 매끈하지도, 그리 탄탄하지도 못했다. 부러움과 아름다움에 눈을 뗄 수 없었다. 내가 차마 갖지 못한 청춘의 조각을 그가 가지고 있어서 더욱 빛나는가 싶었다. 나는 서둘러 눈을 돌렸지만 눈에는 아직 그의 몸에 대한 잔상이 남아있었다. 그의 검은 몸은 하얀 도복과 대비되었고, 그 불긋하면서도 매끈함은 뻣뻣하면서도 부드러운 면의 재질과 대비되어 더욱 선명히 빛났다.

그의 몸과 도복이 어우러져 움직이는 태권도는 어떤 안무처럼 느껴졌다. 부드러움과 강인함을 여유롭게 흘리고 끊어버렸다. 검정과 하양이 번갈아 가며 움직이며 체육관을 가득 채워버린다. 나는 조금이라도 그 춤을 더 보고 싶어서 태권도를 열심히 다니게 되었다. 내가 원하는 것은 그 비단과 흑탄의 조화로운 춤이었다. 그러나 부모님은 내가 운동이라는 것에 매력을 느끼는 줄로 아셨고, 그것이야말로 자신들이 원하는 '남자아이'의 전형에 맞았다. 결과적으로 나도, 부모님도, 행복한 결과를 낳았다. 단지 평소에 나를 돌봐주시던 할머니께서는 그 시간이 줄어들어 시원섭섭해 하셨다.

나를 도와주는 P를 포함해서 6학년은 총 4명밖에 없었다. 모두 P와 친했으며, 남자 세 명에 여자 한 명으로 구성되어 있었다. 그중에서도 내 기억 속에 남는 것은 오직 정기를 품고 생명력이 넘치던 사춘기의 P뿐이었다. 나는 이미 내 안의 정기를 잃었다고 여겼던 걸지도 모른다. 목이 마른 사람의 눈에는 물밖에 안 들어오듯이, 정기가 말라버리는 나로서는 그런 정기밖에 보이지 않았다. 한때는 나도 가지고 있었으나 어느새 뒤틀려버린 그 청춘의 상징, 그리고 사람들이 나에게 그토록 바라는 정기. 나의 눈에는 그것만이 밟혔다. 내 머릿속을 가득 채운 생각은 '되고 싶다'가 아니라, '갖고 싶다'였다. 내가 어떤 사람이 되고 싶은지, 그것은 중요하지 않았다. 내가 무엇을 갖고 싶은지, 그게 우선이었다.

7.

하얀 도복이 일제히 펄럭이며 하늘거리다 순식간에 각이 잡힌다. 수많은 도복이 멈추는 바람 소리가 났고, 커다랗고 단호한 기합 소리가 동시에 들렸다. 바람 소리와 기합 소리는 하나의 음압이 되어 온 태권도장을 꽉 채웠다. 그 뒤에는 땡한 쇳소리 같은 것이 딸려 왔는데, 이는 음압에 의해 무언가 공명하여 나온 소리였다.

매미 소리가 한여름의 옆구리를 찌른다. 찔려서 찢긴 여름의 옆구리에는 무더위가 쏟아져 내렸고, 그 무더위 속에서 푸른 나무가 넘실거렸다. 넘실거리는 나무 그늘에서 두아이가 싸우고 있었다. 그중 한 명이 나였다. 태권도를 통해서 나름 몸에 대한 자부심과, 이전에 가지고 있던 열정에 대한 자부심이 섞여서 나는 그 어느 때보다 많이 싸우고 다녔다. 내가 싸움을 잘한 것은 아니었다. 태권도를 배운 지 겨우 4개월밖에 안 지났는데, 어떻게 싸움을 잘하겠는가. 단지 상대방들은 나와 비교해 승리욕이 강하지 않았고, 열의가 부족하여 그냥 어영부영 싸움을 마무리하고 싶었을 뿐이었다. 그러니 자연히 싸움에 대한 열정이 넘치는 내가 이긴 걸로 넘어가 버렸다. 상대가 없어져서 이긴 것도 이긴 건 이긴 것이었다.

이번 싸움도 그랬다. 상대방은 적당히 하다 말려는 느낌이었고, 나는 최선을 다했다. 그 당시에는 아는 욕이 없어서 그저 최선을 다해 악을 쓰고 눈물까지 흘리며 붙어서 때리고 쥐어뜯었다. 울면 지는 거라고 부모님은 말씀하셨지만, 끝까지 울면 이기는 경우도 있었다. 한여름이라 상대방은 더욱 힘이 떨어져 가고 있었다. 나는 승리를 확신했다.

놀이터 입구라서 아이들이 많이 지나갔지만 누구 하나 신경 쓰는 사람 없었다. 다들 불량식품을 사 먹고, 집에 가고, 학원을 가기에 바빴다. 땀범벅, 눈물범벅, 콧물 범벅이 되어 질척거리며 싸우던 나를 향해 누군가 소리쳤다. "그만해!"

이제 막 변성기가 시작되어 살짝 어설프게 낮은 목소리였다. 그 목소리의 주인공이 누군지 한 번에 알 수 있었다. P다. "형!" 나는 반가웠다. 당연히 나의 편을 들어줄 것으로 생각했다. 그 검은 피부와 두꺼운 눈썹사이로 땀이 맺혀 반짝거렸는데, 웬일로 오늘은 태권도복을 입고 거리를 걷고 있었다. 그 당당함에 나는 그가 한층 더 든든하게 느껴졌다. 나의 편을 들어줄 것이라 확신했다.

P는 태권도복을 펄럭이며 걸어왔다. 짝퉁 나이키 신발 옆으로 흙먼지가 휘날렸다. 표정은 단호했고 입술을 무거웠다. 그는 나의 양팔을 붙잡고는 말했다.

"그만해 이제. 동네 창피하게 뭐 하는 짓이야!"

나는 당황스러웠다. 인제야 나타나서 하는 일이 나를 돕는 것이 아니라 나를 막는 것이라니. 너무하지 않은가. 아끼는 형, 동생 사이가 아니었나. 상대방의 표정도 당혹스러움이 묻어나오긴 마찬가지였다. 갑자기 나타난 저 곰 같은 형은 누구이며, 왜 갑자기 자기편을 들어주는 걸까. 내가 이 상황을 틈타 때려도 되는 걸까.

우리는 마치 갑작스레 비를 마주한 들개처럼 어쩔 줄 몰라 했다. 나는 그 와중에 비를 쫄딱 맞고 맥을 못 추는 재수 없는 쪽이었고, 상대는 돌아가려 할 때 마침 나무 밑에 있어서 비를 피한 쪽이었다. 비를 맞지 않은 쪽은 아직 은빛 털이 습기를 머금고 윤기가 났지만, 그렇지 못한 내 쪽은 영락

없이 초라한 꼴이 되어버렸다.

형의 든든하고 믿음직스럽게 빛나던 눈빛은 한순간에 비열하고 답답한 소 눈깔로 변해있었다. 나는 저런 사람한테 무엇을 기대한 걸까. 믿음이란 맛있지만 상하기 쉬운 우유와 같다. 하염없이 하얗지만 금세 지독한 악취를 내뿜는다.

P는 나 대신에 상대방에게 사과한 뒤, 나를 끌고 학원으로 갔다. 나는 이길 수 있었고, 이기고 있었다는 분함에 억울해서 눈물이 찔끔 났고, 친했던 형에게 배신당했다는 분노에 눈물이 울컥 났으며, 그럼에도 당당해 보이는 형의 얄미운 표정에 마저 펑펑 났다. 형은 아무 말도 하지 않고 가방에서 가정 통신문을 꺼내어 잔뜩 비벼서 부드럽게 만들었다. 회색 가정통신문이 부드러워질 때쯤 나에게 건넸다.

"눈물 닦아."

그 다정함이 그 나름의 최선이었을 것이다. 그의 다정함은 따스했지만 따가웠다. 짧기만 하던 도장 가는 길은 유난히도 길었다. 열을 받아 길게 늘어진 물엿처럼 시간은 느리게 늘어졌다. 그 위를 기어가는 달팽이가 된 것처럼 시간도, 우리도 천천히 흘러갔다. 태권도 수업을 받을 때도, 마치고 뒷정리를 할때도. 시간은 정말 가늘고 길게 늘어졌다. 너무 가늘어서 어느 것 하나 기억에 남지 않았고, 그 어떤 색깔도 띠지 않아서 그 뒤에 숨긴 내 마음이 투명하게 드러났다.

남들이 내게 무슨 일이 있냐고 물어봤지만 나는 차마 대답할 수 없었다. 그럼에도 투명하게 드러난 내 마음의 색은 서운함이었고, 분노였으며, 미움이었다. 그 냄새는 물에 잉크 방울이 퍼지듯 사방으로 퍼져서 모두가 내 기분이 좋지 않음을 맡을 수 있었다. 당연히 P도 나의 감정을 알았지만 어찌할 줄 몰라 했다.

다만 검은 눈썹에 묻히고, 작은 눈구멍에 가려서 그의 감정은 하나도 보이지 않았다. 오히려 결연해 보이는 입은 오늘따라 더욱 무게를 더했다. 그의 무겁던 몸은 어느 때보다 강인해 보였다. 그 강인함과 나의 위태로움을 연결 지어 생각할 사람은 없었지만, 둘의 빛깔이 어우러져 한방에 두 개의 향수를 뿌린 듯 도장은 기묘한 분위기의 빛깔로 가득해졌다.

마침내 길고도 옅어서 오히려 더욱 짙었던 오늘의 수업이 끝났다. 사부님께 인사를 하고 옷을 갈아입는데 형이 내게 다가왔다.

"마치고 같이 가자."

"응."

나는 괜스레 어색해서 말을 길게 하지 않았다.

옷을 갈아입고 나오니 형은 도복을 그대로 입은 채 나를 기다리고 있었다. 나는 아무 말도 없이 형의 옆으로 갔다. 형 역시 아무 말도 없이 길을 걸었다. 아직 해가 지지 않아서 더운 날씨였다. 오른쪽에서 왼쪽으로, 우리의 뒤로 오토바이가 지나갔다. 그 소리가 유난히 커서 나는 흠칫 놀랐지만 아닌 척했다. 우리는 지하도를 건너 초등학교 쪽으로 왔으나 우리 집의 반대 방향으로 걸어갔다. 그 방향은 산이 있어 오르막길이 있는 방향이었다. 나는 처음 가보는 곳이었다. 도로들 옆에 있는 작은 보도를 통해 올라갔다. 그러다 보니 다시 큰 도로가 나왔고 어느새 꽤 많이 올라왔다. 그곳에도 조부모님의 집처럼 아파트가 아닌 집들이 많았다. 그곳의 주택은 훨씬 작았고 훨씬 많았다. 그리고 경사면에도 어떻게든 잘 들어가 있었다. 그래서 그런지 내가 밟고 있는 땅과 같은 높이에 옥상이 있기도 했고, 갑자기 땅이 뚝 끊어져 솟은 것처럼 높은 벽이 있기도 했다.

한 집의 문을 열고 형이 들어갔다. 쿰쿰한 냄새가 났다. 할머니 집에서 나는 냄새랑 비슷하지만 훨씬 진하고 퀴퀴한 냄새. 흙냄새도 섞여 있었고, 된장 냄새도 났으며, 이미 다 지난 장마 냄새도 났다. 그 모든 냄새가 제각기 춤을 추며 내 머릿속에서 맴도는 듯했다. 나는 들어가기 싫었지만 형을 따라서 들어갔다. 내가 실망했다는 것에 그가 실망할지도 모른다는 느낌이 들었다. 형을 실망시키기 싫었다.

"지금은 아무도 없어. 할머니는 일하러 나가셨거든."

"아. 응응. 여기가 형 집이야?"

"응 할머니랑 둘이 살아. 실망했지?"

나는 대답하지 않았다. 입안에 분명 어떤 말이 나오려 했지만, 입술이 그것을 막았다.

"옥상으로 가자."

형은 나를 끌고 바깥에 있는 계단으로 향했다. 작은 옥상
이 있었고, 마트료시카를 펼쳐놓은 듯 장독대가 있었다. 몇
몇개는 부서져 있어서 안에 푸른 식물이 솟아 있었다.

"저기 좀 봐."

뒤를 돌아보니 푸른 하늘의 끝에 주황색으로 타오르는 구
름이 빛나고 있었다. 언제부터 그곳에 해가 있었을까? 언제
부터 이쪽은 이렇게 어두워졌을까? 나는 궁금했지만 묻지
못했다. 그저 형과 같이 타들어 가는 노을을 바라봤다. 우리
가 지나온 길로 작은 난쟁이같이 집들이 줄줄이 서 있었다.
그 사이에 우리 아파트도 보였다. 혼자 우뚝 서 있으니 뒤에
집들의 햇빛을 가렸다. 욕심쟁이처럼 햇빛을 독차지하는 건
지, 덥지 않게 가려주는 건지는 잘 몰랐다. 초등학교도, 태권
도 도장도, 너무나 작게 보였다. 더 멀리는 서면의 회색 건물
들이 보였다. 이제는 모든 건물이 햇빛 때문에 주황색 물감
을 뒤집어쓴 듯이 보였지만 말이다. 주택도, 아파트도, 산도,
나무도, 하늘도, 땅도, 한쪽은 주황색, 반대쪽은 푸른색이 되
었다. 비행기 한 대가 날아간다.

"비행기다. 너, 여행 가봤어? 해외여행."

"응. 중국이랑 일본 가봤어!"

"난 말이야. 한 번도 가본 적 없어. 제일 멀리 가본 게 해운대야. 할머니가 저기 시장에서 일하셔서 여행 갈 시간도 없고, 돈도 없어."

그는 이어서 말했다.

"그래도 난 크면 여행을 많이 다닐 거야. 우리 할머니도 같이 갈 거고. 그래서 난 태권도를 열심히 하려고. 공부는 못해도 이건 어떻게든 할 수 있을 거 같거든. 난 알아. 내가 공부로 성공할 만큼 똑똑하지 못하다는 사실을, 근데 태권도이거는 운동만 열심히 하면 되잖아? 세상이 아무리 힘들어도, 난 할 거야. 때론 참고 버텨야 하는 일도 있어. 거세게 몰아쳐도 꿋꿋이 버티다 보면 우리를 알아줄 때가 올 거야. 너도, 때론 버텨야 할 때가 있을 거야. 요즘 싸우고 다닌다는 말은 들었어. 부모님이 없는 나한테까지 그런 이야기가 들렸다는 건, 어른들뿐만 아니라 아이들도 너를 이상하게 본다는 뜻이야. 지한아. 난 너가 왜 힘들어 하는 지 몰라. 그래도 힘들다는 것은 알아. 나와는 달라서 이해하지 못하지만, 그럼에도 난 널 응원해. 억울하겠지만 버티다 보면, 그리고 어른이 되면, 다른 사람들도 너를 알아줄 때가 올거야. 그러니 너도 나도 꿋꿋이 버텨서 끝까지 살아남자. 응?"

나는 이해할 수 없었다. 하지만 그의 눈에 비친 노을이 너무나 멋졌다. 그 불타는 듯한 빛이 아름다웠다. 그가 가진 혈기는 몸뿐만 아니라 마음에서도 불타고 있었다. 그의 눈에 비친 모든 것은 주황빛으로 불타고 있었다. 형은 누구보다 뜨거운 세상에 살고 있었다. 나는 그 붉은 눈을 보려면 그의 뒤에 놓인 푸른 하늘도 같이 봐야만 했다. 아마 그의 눈에 비친 나의 얼굴은 어둡고 푸를 것이다. 그리고 나의 눈에 담긴 세상은 지독히도 어둡겠지. 뒤가 밝았던 나의 눈에는 모든 것이 어두워 보이고, 뒤가 어두웠던 그의 눈에는 모든 것이 밝아 보인다. 그런 우리는 서로를 바라봤다. 푸른 저녁 하늘 속 샛별이 반짝거렸다.

8.

도둑 비가 내리던 날이다. 비라고 하기에는 너무 얇았고 안개라고 하기에는 너무 두꺼웠다. 나는 어느새 품띠를 달았다. 빨간색 반 검은색 반이 있는 띠였고, 검은 띠 바로 전에 달 수 있는 띠였다. 나는 검은띠를 따기에는 아직 너무 어렸다. 그럼에도 흰 도복을 가로지르는 검정 빨강이 자랑스러웠다. 수많은 우산 중 하나가 이곳으로 온다. 그가 온다. 그런데 왠지 눈빛이 이상하다. 온기가 더 이상 느껴지지 않는다.

나는 함부로 말을 붙이지 못했다. 그는 입을 다물고 앞장서서 간다. 그의 뒷모습은 유난히 거대하다. 바위산 같다. 우산은 그 위에 자라나는 한 그루 소나무. 비를 맞아야만 피어

나는 소나무. 고작 '안녕?'이라는 그 사소한 말 한마디도 나누지 못하고 그저 걸었다. 번지는 무지갯빛 기름 위로 그의 발이 비친다. 그 발이 모든 걸 해친다. 파문은 공기에 퍼져 어색함을 나른다. 궁금함은 커져만 갔다.

그는 한 달간 여행을 갔다 왔다. 오랜만에 봐서 어색한 것일까? 분명 나는 그렇다. 그러나 그까지 그럴 이유는 없었다. 그는 벌써 클만큼 큰 6학년 아닌가? 난 도대체 이유를 찾을 수가 없었다. 그 큰 등에 기대고 싶었지만 그럴 수 없었다. 더 친할 때도 하지 못했는데 어색해진 지금 할 수는 없다. 그러나 오히려 지금이라서 더 하고 싶었다. 얼어붙은 분위기를 깨는 꽃이 되지 않을까 싶었다. 얼어붙은 것은 분위기뿐만 아니라 시간도 마찬가지다. 빗소리가 옅고 느리게 흐른다.

축 늘어져 버린 시간을 걸어 도장에 도착했다. 도장은 어제와는 다르다. 동작도 어제와는 다르다. 발차기도, 주먹도, 기합도, 늘 달라진다. 특히 오늘처럼 길게 늘어져서는 전혀 다른 성질의 것이 되어버린다. 분명 순식간인 듯싶지만 너무나 밀도가 높아서 하나하나 생생하게 나를 끌어내렸다. 불쾌하다. 그 한 사람이 뭐라고 이렇게 불쾌해야 할까? 그와 동시에 그가 신경 쓰였다. 그 늘어진 시간은 모두 그를 향한다. 그의 질량이 너무 컸다. 그러나 오히려 그는 아무 일도 아니라는 듯 무심했다. 모든 일을 망친 장본인이면서. 그래도 나는 미워할 수가 없었다.

모든 것이 다 끝난 뒤, 사범님은 그를 앞으로 부르셨다.

"오늘을 마지막으로 P는 다른 도시로 이사를 간다고 한다! 다들 그동안 고마웠다고, 잘 가라고 손뼉 쳐주자!"

아이들은 작은 손으로 손뼉을 쳤다. 그 소리는 공간을 가득 채우고 내 머릿속마저 채웠다. 말이 안 된다. 어떻게 나한테는 한마디 말도 없었나. 그래서 오늘 그렇게 나를 개처럼 무시했던 걸까. 박수 소리가 머리에 갇혀서 나가지를 않는다. 손은 멈췄는데 분노는 멈추지 않았다. 배신감. 배신감이었다. 어떻게 나한테 그럴 수가 있지? 박수 소리가 내 머릿속에 무언가를 공명시킨다.

"그동안 감사했습니다. 다들 잘 지내!"

형은 웃으며 말했다. 내가 아닌, 보이지 않는 공기의 흐름을 보는 것 같았다. 내 눈에는 전혀 보이지 않는 그 흐름을 보며 한편으론 생각했다. 이번에도 잘 말해주겠지, 내 기분을 풀어주겠지, 무슨 이유가 있겠지. 그러나 형은 나를 두고 친구들과 떠나려 한다. 약속이 있나 보다. 쩍쩍 달라붙는 발을 떼며 그들과 함께 나가려 한다. 나는 그를 부른다.

"형!"

그리고 다짜고짜 달려들었다.

한번 부딪쳤다.

머리가 어지러웠다.

두 번 부딪쳤다.

눈물이 났다.

세 번 부딪쳤다.

형은 아무 말도 하지 않는다.

네 번 부딪쳤다.

여기가 어딘지 모르겠다.

다섯 번 부딪쳤다.

머리가 뜨겁다.

더 이상 숫자를 세지 못했다.

그렇게 계속 부딪쳤다. 몇 번이고 계속해서. 머릿속에 박수 소리가 다 털려 나올 때까지 달려들어서 그의 단단한 몸에 온몸을 부딪쳤다. 그동안 그는 아무 말도 하지 않았고, 그의 친구들은 아무 말도 하지 못했다. 얼굴이 시뻘겋게 달아올라서 달려드는 쪼그마한 아이를 어떻게 해석해야 할지 몰랐던 것 같다.

정신을 차리니 나 혼자 남아있었다. 사범님도 어딘가 가버렸다. 조용한 도장은 부서진 박수 소리가 떠다니는 어항 같았다. 늘어진 시간이 슬프게 흐르고 먼지는 그 위를 지루하게 헤엄친다. 고요의 소리는 여름보다 크고 겨울보다 차갑다. 무언가 깨지는 높고 작은 그 소리. 새롭게 들리는 것은 아니다. 이제야 다시 눈치챘을 뿐. 그 소리는 고요의 파도처럼 나를 감쌌다.

그것이 나의 첫 이별이었다. 그 이후로 태권도를 그만 다녔다. 결국 검은 띠를 못 땄지만, 검은 그가 없다면 무슨 소용일까 싶었다. 목표가 있었다면 이별이 그렇게 아프지 않았을 텐데. 목표가 없던 나에게는 그가 목표였다. 목표가 사람이라니. 사실 사람이 목표가 아니라 그 순간이 목표다. 사람은 순간으로 살아가고 목표는 영원히 남는다. 목표는 바뀌어도 남는 것이고, 사람은 남아도 바뀌는 것이다. 그의 순간은 나의 목표가 되어 가슴에 남았다. 이루지 못하는 순간으로 남아버린 그 목표를 간직한 채 다시 혼자가 되었다. 하지만 이제는 더 이상 울지도, 싸우지도 않았다.

9.

태권도가 아닌 그곳에 있던 사람을 좋아했던 나는, P가 허망하게 떠나버린 후 남아있는 도장을 보기가 싫었다. 부재는 존재보다 무거웠다. 그곳에 더 이상 남을 수가 없었고 남아있을 이유도 없었다. 그는 태권도를 아꼈지만, 그를 아낀 나에게 태권도는 남겨진 매미 유충의 껍데기와 같았다. 흥미를 잃어간 나를 보고 부모님도 이 기회에 새로운 도전

을 종용하셨는데, 4학년의 나이로는 컵 스카우트라는 곳을
들어갈 수 있었다.

세상에는 수많은 종류의 스카우트가 있었지만, 우리 학교
에는 아람단, 걸 스카우트, 컵 스카우트 가 있었다. 그중 컵
스카우트는 원래 보이 스카우트였다. 그러나 시간이 지나고
우리 학교에서는 여자 회원도 받기 시작했다. 그래도 여전
히 대부분의 회원이 남자이긴 했다. 처음 가입하면 모자, 단
복, 스카프 등 우리의 소속감을 만드는 것을 주었다.

물론 그것은 그냥 주어진 것이 아니라 태권도의 모든 것
처럼 돈을 주고 산 소속감이었다. 그것을 딱히 신경 쓰는 아
이는 아무도 없었다. 자연스럽게 소속감을 얻지 못한다면
돈을 주고서라도 얻는 것이 맞았다. 사람은 사회적 동물이
라고 말했듯이 소속감은 성장에 필수적인 요소였다.

나는 도복에 관심이 없었듯 스카우트 단복에도 큰 흥미가
없었다. 몇몇 아이들은 그 단복을 굉장한 옷이라도 되는 것
처럼 눈에 총기가 가득했다. 소속감이 곧 자부심인 것인지,
소속감 이외에 자부심이라는 요소가 따로 존재하는 것인지
는 모르겠다. 옷을 입는다는 것은 생각보다 많은 의미를 지
니는 것 같다. 장인이 한 땀 한 땀 만드는 옷감처럼 어른들
이 한 겹 한 겹 엮어간 의미들을 아이들은 퍽 좋아했다.

이렇게 비판적인 양 생각은 했지만, 나의 경우가 더 낫다

고는 못 한다. 나는 그 의미도 느끼지 못하고 그저 나쁘지 않다고 생각해서 들어가게 되었다. 남이 부여한 의미를 좋다고 따르는 아이와 좋지 않아도 이끌려가는 아이 중에 누가 더 수동적일까.

인솔해 주시는 대장 선생님은 곰처럼 생겼다. 요즘 사람들이 곰상을 좋아한다고 말들 하던데 그 선생님이 진짜 곰상이었다. 적당히 덩치가 있었고 푸근한 인상을 지녔다. 그당시에 그 선생님은 초등학교 선생님 중 이례적으로 학생들을 체벌한다는 소문이 있었다. 실제로 우리가 본 적은 없었지만 그 덩치를 보면 정말 그럴 것도 같았다.

또 스카우트에는 착한 학생뿐만 아니라 흔히 말하는 불량 청소년도 많았는데, 그 형들의 말에 의하면 교무실에 있는 방송반 안에 그 선생님과 함께 들어가면 엄청난 일이 일어난다고 했다. 그 커다란 선생님과 불량한 남학생이 단둘이 들어가서 있을 수 있는 일은 춤을 추는 것 아니면 체벌 행위뿐일 것이다. 소문은 그렇게 퍼진다. 초등학교 교실에 들어간 벌은 누구도 해치지 않았지만, 온 반에 공포감이 퍼지듯이, 그의 외모와 사람들의 증언만으로도 우리들 사이에서는 공포감이 퍼졌다.

그런 선생님 밑에는 반장처럼 담당하는 단장과, 그 밑으로 조장이 있었는데, 희한하게도 그 사람들은 다 양아치였다. 아이들을 잡기 위해서는 멀리서 뿜어져 나오는 공포만이 아닌, 실제로 학생들 곁에서 꿈틀대는 힘이 필요했다.

스카우트 활동은 주로 1박2일 행사가 많았다. 학교에서 1박2일 자는 행사, 운동장에서 밤에 모여서 별을 보는 행사, 다 같이 산이나 계곡을 가서 1박2일을 보내는 행사. 그런 아이들을 통솔하려면 확실히 조장들이 필요했다. 그리고 이런 활동들을 보면 알겠지만, 마치 강아지들 산책시키는 것처럼 아이들의 에너지를 최대한 사용하는 활동들이 많았다. 그래서 태권도에 있던 형들이나 동급생들이 여기도 많이 보였다. 그의 부재가 싫어서 왔는데 여기서도 그 그림자가 나를 따라다녔다. 보통 사람이라면 다른 친구들을 사겨서 그 부재를 지우겠지만, 이미 그 부재를 크게 느낀 나는 아기 새가 어미를 찾듯이 새로운 형을 찾았다. 큰 구멍을 메우는 데는 큰 돌이 제격이다.

C, 그를 처음 본 건 입단식 때였다. 수십 명의 아이들이 제각기 다른 키와 덩치를 가지고, 각자의 눈빛을 입은 채 자신의 사정을 단복 속에 감추고 있었다. 발밑에는 개미가 기어다닌다. 운동장의 흙바닥을 긁는 아이들이 있다. 개미에게는 그조차도 몸만한 언덕이다. 커다란 벌 한 마리가 아이들 사이를 헤엄친다. 공포감 사이를 유영하면서도 스스로가 그 공포감의 주역인 줄도 모른다. 대장 선생님이 말한다.

"단복을 입었다는 것은 한국 스카우트 연맹의 일원이란 뜻이다. 그 책임감을 입었다면 그에 걸맞게 행동해야 한다. 우리는 앞으로 산과 숲, 바다를 돌아다니며 야생을 다루고 공존하는 법을 배울 것이다. 벌 따위에 겁먹어서는 안 된다. 네가 먼저 위해를 가하지 않으면 상대방도 너를 공격하지 않는다. 너보다 훨씬 작은 벌이다. 소란 피우지 말고 다들 자세를 유지하도록…"

그러던 중 한 형이 뒤늦게 모자를 쓰며 나온다. 우리 조 앞에만 비어 있던 자리를 채웠다. 선생님은 한번 눈치를 주고는 다시 말을 이어가셨다.

우리 조의 조장 형은 그곳에서도 가장 양아치같았던 형이다. 머리는 적당히 길어서 눈까지 내려오고 색은 고동색이었다. 부드러운 직모였고, 그 밑으로 커다란 포도알 같은 눈이 반짝거렸다. 입술은 빨갛고 얼굴은 눈처럼 하얗고 작았으며, 턱은 귀까지 바로 이어져서 남성성이 느껴지는 곳은 오직 그의 검은 눈썹밖에 없었다. 얼굴은 P 형과 전혀 달랐지만 C형의 하얀 얼굴과 검은 눈썹을 보니 P 형의 하얀 도복에 감긴 검은 띠가 떠올랐다.

규칙들을 낙엽처럼 손쉽게 부숴버리는 그가 어떻게 그런 하얗고 아름다운 얼굴을 가지고 있었을까. 나이가 들면 인상이라는 것이 얼굴에 남기 때문에 본인의 얼굴에 책임을 져야 한다고 한다. 그런 탓에 어린아이의 얼굴은 그 어떤 인상도 없지만, 그 얼굴에도 일말의 책임이 있지 않을까 착각을 하곤 한다. 허나 어른의 일생이 그의 얼굴을 만들어 가듯, 아이는 얼굴이 오히려 그의 일생을 이끌어간다. 그 시절에 잘나가던 아이들의 얼굴을 누가 봐도 아름답거나, 누가 봐도 무서웠다. 그것이 그의 인생에 새로운 길을 열어주었다.

그 어디에도 속하지 못한 나에게 그는 새로운 자극이었다. 심지어 평범조차도 닿지 못한 나는 평범한 아이들 사이에서 빛나는 그에게 어떠한 저열한 동질감도 느꼈다. 다르다는 것은 같았지만, 그 방향성이 완전히 달랐다. 그리고 그는 그 사실을 알았고 나는 그 사실을 모르고 싶었다. 그래서 더 그의 족적을 쫓았다. 그림자는 집요하게 빛의 뒤를 쫓는다.

그는 우리를 살펴본다. 흥미롭다는 듯이. 나와도 눈이 마주치려 했다. 그의 빛나는 시선이 이리로 온다. 나는 차마 눈을 마주치지 못하고 발밑을 바라본다. 다시 그를 올려다본다. 갈색의 머리는 햇빛을 받아 더 붉게 빛났다.

"이상으로 여러분의 입단을 축하한다. 다들 앞에 있는 조장에게 인사 후 뒤로 돌아 부모님께도 인사를 하도록 한다."

다들 일제히 경례한다. 그러나 타이밍이 제각기 달라서 옅은 파도가 치는 것 같다. 그리고 다들 각자의 속도에 맞춰서, 또 그러면서도 은근히 옆에 사람의 눈치를 보면서 뒤를 돌아 경례한다.

10.

학교 뒤에 작은 불이 났었다. 평소에는 교직원들의 주차장으로만 쓰이는 곳이지만, 은행나무가 많아서 초등학생들의 놀이터로도 가끔 쓰인다. 그러나 그것도 선생님이 동행할 때만 가능할 뿐 일반적으로는 불가능하다.

그러다 그 말이 들린 것이다. 누군가 거기서 불장난했다는 말이. 선생님께서는 말하지 않았지만 그 소문은 삽시간에 퍼졌다. 내 귀에까지 들릴 정도면 그 소문은 꽤 흐름을 잘 타는 소문이었던 모양이다. 처음에는 불장난이겠거니 싶었지만, 생각해 보면 그렇다. 이 나이 때 누군가가 라이터를 가지고 있다는 소리였다. 다시 곱씹을수록 충격이었다. 담배나 라이터나 하는 것들에 관한 이야기는 들어본 적이 있으나 그것을 실제로 주변에서 느낀 것은 처음이었다. 내 귓가에서 라이터가 켜졌다. 소리와 불을 내며.

초등학생이 담배라니!

이건 충격이다. 한 번도 그런 생각을 해본 적이 없었다. 그리고 소문에 의하면 C형이 그런 것 같았다. 그의 무리는 점심시간이면 학교를 몰래 빠져나가 지하도 건너편에 있는 분식집에 가서 떡볶이 같은 것을 사 먹었다. 태권도장 앞에 있던 분식집이었다. 처음 태권도를 갈 때는 그렇게 멀고도 크게만 보였던 그 형들과 누나들. 그 사람들이 이제 나의 지척에서 라이터를 켜고 있었다.

C에 대한 소문은 그의 얼굴과 달랐다. 그 얼굴만 보면 햇빛조차 쐬지 않고 하늘거리며 살 것 같았지만, 그의 소문은 달랐다. 중학교, 고등학교 누나들을 만나며 연애한다는 소문, 산동네의 폐가에서 친구들과 술을 마시며 놀았다는 이야기, 그런 것들이 공기 중으로 넓게 퍼지고, 그 소문과는 상관없다는 듯 자연스럽게 웃으며 다녔다.

그는 스카우트 활동에도 자주 참여했는데, 같이 산을 타고 가면 가장 앞장서서 우리를 이끌었다. 그럴 때면 그의 온몸 위로 나무 그림자가 떨어져서 그의 몸 위로 나무가 피어난 것처럼 느껴졌다. 나는 관심을 끌려고 입으로 개구리 소리를 냈는데, 더러우니 하지 말라고 했다. 난 웃으면서 알겠다고 했다. 벌레가 나를 비웃으며 가길래 손바닥으로 쳐서 잡았다. 내가 가진 독특한 개인기라고 생각했지만 상관없었다. 그에게 인정받지 못하면 독특한 개인기가 아닌 그저 더러운 몸 장난에 불과했다.

그는 여리게 생겼지만 몸이 날래서 꼭대기까지 쉴 틈 없이 올라간다. 담배를 피고 술을 마시면 몸이 나약해진다고 하더니, 뭔가 불공평했다. 오히려 그들은 남들보다 더 튼튼하다. 어쩌면 더 어른스럽고 성숙하고 단단하게 느껴진다. 고목이 파릇한 새싹들보다 더 강인하고도 굳건하게 느껴지듯 그들에게서는 어른의 처연한 강인함이 느껴졌다.

정상에 오르자 부산의 전경이 내려다보였다. 하늘이 도시로 내려와 번지며 온 도시가 더욱 푸르르고 희미하다. 아이들은 숨을 헐떡인다. 그의 하얀 피부 옆으로 땀방울이 내려오며 반짝인다. 방울에 하늘과 도시가 담긴다. 그의 눈에도 전경이 담긴다. 나는 나름 체력을 자부하던 터라 그리 힘들어하지 않는다.

심장이 뛰는 것은 순전히 그의 청춘 때문이었다. 담뱃불에 사그라들면서도 커지는, 그래서 더 아름다운 그의 젊음의 푸르름이 아름답다. 사그라드는 모습마저 어여쁘면 어쩌자는 걸까. 나는 아무리 노력해도 갖지 못할 아름다움이라 생각했다. 저런 사람이야말로 사랑받으려고 태어난 것이다. 미운 짓을 해도 밉지 않고, 못된 짓을 해도 증오받지 못한다. 죄를 미워하고 죄인을 사랑하라고 한다. 저 사람이 죄인이라면 누구라도 사랑하지 않을까. 사랑은 감정이기에 불공평하다.

사랑을 하게 되면 다른 단점은 안 보이게 된다. 눈이 너무 아름다운 사람은 키가 작아도 그 아름다움에 빠질 수밖에 없다. 그 순간만큼은 눈과 키를 모두 가진 사람이 있다는 것이 전혀 중요하지 않은 요소가 된다. 지금 당장 내 눈앞에 있는 저 아름다운 눈만이 가장 큰 가치를 지니게 된다. 아무리 비도덕적이고 비행적이라 하더라도 그의 외적 이미지는 그 모든 것을 가린다. 어차피 도덕도 미학이라면 다른 미학에 밀리더라도 크게 문제 될 것이 없다.

도덕이란 사회적이다. 그렇기에 도덕주의자들은 소수를 결코 이해하지 못한다. 한 기독교 친구가 진심으로 걱정하며 말한 적이 있다. "너희 가족은 다 무교라고? 어떡해…지옥 가겠다…" 그 친구는 진심으로 나를 걱정하며 말했다. 어떠한 조롱도 무시도 없는 선의의 말이었다. 그처럼 선생님들도 C를 보며 진심으로 걱정한다. 어린 나이부터 인생의 길을 잘못 들었다고. 그러면서도 그에게 끌림을 느낀다. 그들의 도덕은 그를 부정하지만 순수한 본능은 그에게 끌릴 따름이다. 순수성은 이해되지 않고 그저 나타난다. 내가 그를 좋아했던 것도 말로 설명하면 설명할수록 어린 날의 동경과 구분되지 않는다. 애정결핍과 크게 다르게 느껴지지 않았다. 그러나 이성 간의 사랑이라고 무엇이 다를까? 말로는 늘 오류가 생긴다. 사랑은 순수한 본능이다. 감정은 느끼는 것이지 증명하는 것이 아니다.

그를 향한 나의 짝사랑은 수많은 짝사랑이 그렇듯. 시간에 따라 강제로 죽어갔다. 자연스럽게 끝나는 사랑이란 이뤄진 사랑밖에 없다. 그는 곧 중학교를 갔고, 나는 갈 곳 잃은 사랑을 간직할 수밖에 없었다. 나는 그와 크게 대화를 나눠본 기억이 없다. 그는 나를 보면 늘 밝게 웃고 인사를 해주었지만 나는 괜히 쑥스러워서 차마 더 말을 이어가지 못했다. 나는 또다시 누군가를 사랑하기 두려웠다. 그래서 사람들과 대화를 줄여 나갔다. 내가 좋아하게 될까 봐. 혹은 내가 누군가를 좋아하는 마음을 알아차릴까 봐. 그리고 그 대상이 남자라는 것을 알면 미움을 받을까 봐. 미움을 받는 것보단 행동하지 않는 것이 낫다. 무너질 담벼락이라면 최대한 피하는 게 현명한 일이다.

나는 5학년이 되어 안경을 썼고, 6학년이 되어서는 사회적 활동들을 더욱 피하게 되었다. 점심시간이면 모두 삼삼오오 모여 운동장을 뛰놀거나 대화를 나눌 때 도서실에서 책을 빌려 읽거나, M자로 생긴 구조물에 올라가 하늘을 봤다. 그러면 아이들의 소리가 점점 멀어진다. 언뜻 보면 구름이 그 소리를 내는 것처럼도 느껴진다. 그리고 하늘이 점점 가까워지는 것이 느껴지고 하늘이 크고 둥글다는 것이 느껴진다. 손을 뻗는다. 하늘이 다시 멀어진다. 그러다 종이 칠시간이 되면 나도 자연스럽게 따라 들어갔다. 그 누구도 나를 신경 쓰지 않았다. 변함없이 나의 곁에 있는 것은 귀에서들리는 높고 조용한 소리뿐이었다.

11.

"언제 이렇게 커서 벌써 교복을 다 입는대, 우리 강아지. 친구들하고 싸우지 말고 밥 잘 먹어야 한다. 아이고, 빼빼 마른 것 좀 봐."

할머니는 나의 볼을 한껏 찌그러뜨리며 말씀하셨다. 난 어릴 적부터 누군가 내 얼굴을 만지는 것이 불쾌했다. 그래도 어쩌나. 어릴 때는 격렬하게 거부했지만, 그럴수록 갈등만 커진다는 것을 10년 넘는 세월을 통해 배워온 나는 더 이상 대들지 않고 참기만 했다.

그녀의 주름은 갈수록 깊어졌지만 물이 바위를 파는 것처럼 느려 나는 알지 못했다. 교복은 컸다. 단추는 불투명했다. 넥타이는 매기 편하게 지퍼로 되어 있어서 굳이 고생해가며 입을 필요가 없었다. 쑥쑥 클 것으로 생각해서 큰 옷을 사 입힌 것이었다. 길이뿐만 아니라 품도 커서 재킷을 입을 때면 어깨의 뽕이 툭 튀어나와서 부끄러웠고, 바지는 지나치게 헐렁해서 바람에 휘날렸다. 색깔은 알 수 없는 미역 색이었다. 그 곰팡이 색의 헐렁한 옷이 뭐가 예쁘다고 어른들은 꼭 입어야 된다고 강요했다. 패딩을 샀지만 무서운 형들에게 뺏길까 봐 두려워서 조심스레 눈치를 보며 입었다. 머리는 교복만큼이나 꼴 보기 싫은 짧은 머리를 강요했다. 그리고 싫다고 자유롭게 꾸미고 싶다고 하면 사춘기라서 그렇다고 말했다. 본인들은 마음대로 입고 다니면서 말이다.

처음 간 중학교는 고등학교와 붙어있었고 운동장을 같이 썼다. 초등학교와는 사뭇 분위기가 달랐다. 초등학교는 모든 것이 아이 위주의 낮고 알록달록한 작은 새싹에서 피어오른 무지개와 같았다면, 이곳은 콘크리트로 지어진 아치형의 다리와도 같았다. 중간중간 갈라지고 이끼도 끼어있는 다리. 이제 우리는 함께 그 다리를 건너야 했다. 같은 초등학교에서 올라온 학우들도 몇 명 있었고, 처음 보는 아이들도 있었다. 같은 학교 학우들에게 다가가려 했지만 그러기엔 그렇게까지 친하지는 않다는 생각이 들어 근처를 서성이기만 했다.

반의 문은 닫힐 줄을 모르고 아이들이 들락날락했다. 같은 학교 출신 친구들을 찾기부터 시작해서 서로 다른 학교 친구들끼리의 신경전까지. 우리 학교에 좀 노는 애들이 올라와서 순간 나도 그 아이들과 같이 다니며 위상을 높일 수 있지 않을까 생각했지만, 어림도 없었다. 중요한 것은 과거의 출신이 아니라 현재의 유사성이었다. 같은 포식자의 냄새가 나는 것을 아는지 그들은 금세 친해져서 새로운 무리를 만들었고, 다른 아이들도 마찬가지로 각자의 취미와 성향에 맞춰 무리를 만들었다.

조금 정리가 된 후, 이제 같은 반끼리 친해졌다. 쉬는 시간이면 관심사에 대해 이야기했으며, 남자 중학교였던 특성 탓에 주로 여자, 축구, 게임 이야기가 많았다. 물론 나는 그 어디에도 큰 관심이 없었다. 그래도 선생님들과 부모님의 눈을 생각해서 어울리지 않으면 안 된다고 여겨 억지로 웃으며 반응했다. 게임 이야기라고 하면 RPG 게임에서 서로 만나서 같이 사냥을 하자고 하든가, 어떤 아이템이 좋다고 하든가 하는 식의 이야기였다. 축구게임도 있어서 자연스럽게 축구 이야기로 넘어갔는데, 한국 축구는 물론이고 해외 축구를 좋아하는 아이들도 많이 있었다. 해외 축구라고 하면 새벽에 하는 경우도 많았다. 그런 경우에는 밤늦게까지 축구를 보고 등교를 했다. 밤 10시면 잠을 자야 하는 습관이 들어있던 내 입장에서는 신기할 따름이었다.

그리고 여자 이야기. 사실 가장 크게 차이를 보인 부분이었다. 초등학교에서는 여자아이들도 있어서 그런 이야기가 오고 가지 않았지만, 중학교로 넘어오기 무섭게 아이들의 태도가 달라졌다.

음악실에는 기존의 책상과는 다른 길게 붙어있는 책상이 있었다. 그 책상 밑에는 낙서들이 한가득 있었는데, 주로 성적인 낙서들이 많았다. SEX, 여성의 신체를 과하게 데포르메한 낙서, 남성과 여성의 성기를 최대한 적나라하게 그려낸 그림. 미디어에 나온 낙서와는 사뭇 달랐다. 또 초등학교 시절에 있던 낙서와도 달랐다. 어쩔 줄 몰라 하고 있던 나와는 달리, 아이들은 그것을 마구 읽어대며 웃었다. 읽는 것만으로도 그렇게 웃을 수가 있다는 것은 어쩌면 좋은 일일지도 몰랐다. 나는 전혀 웃을 수 없어서 한 점 남은 구름처럼 외로웠다.

그런 그림을 볼 때면 아이들은 성적인 이야기를 하곤 했다. 음악의 음이 '소리 음' 이 아닌 '음란의 음' 이라면 음란을 즐기고 있었으니, 음악실이 틀린 말은 아니었다. 음악이란 듣고 즐기기 위함이라서 결국 음악실에 있지 않았던 건 듣고도 즐기지 않았던 나뿐이었다.

하루는 한 누나에 대한 소문이 들렸다. 이름은 퍼지지 않았지만 그녀의 행위가 퍼져서 하나의 이름처럼 작동했다. 그 내용은 음악실에 어울리는 내용이었다. 고등학생의 나이인 그녀는 학교 근처 달동네에 살고 있었다. 이 달동네는 P형이 살던 그 동네이기도 했다. 그녀는 상당히 예쁜 외형을 지니고 있었고, 그 중에서도 여우처럼 날카로우면서도 큰 눈이 유명했다. 어릴 때는 성악을 배워서 노래도 잘해서 실제로 초등학교, 중학교까지는 어디 소속 어린이 합창단도 했다고 한다. 그러나 중학교 재학 중에 부모님이 이혼을 하시고 할머니 손에 맡겨졌다. 얼마 가지 않아 할머니도 편찮으시게 되고 그녀 혼자 남게 되었다. 간간이 생활비를 보내주시는 부모님이 계시지만 사실 그녀는 무리에서 떨어진 물고기와 같았다. 그 넓은 망망대해에서 어둡고 푸른 바다만을 바라보며 남겨졌다. 그 어둠 속에서 다른 이들의 눈동자가 그녀를 힐끔 곁눈질하고 사라졌다. 그녀에겐 여전히 아름다운 얼굴이 남아 있었다. 그녀를 지켜줄 어떠한 것도 남지 않은 채 그 크고 날카로운 눈만이 어둠에서 빛나고 있었으니, 관심의 대상이 될 만했다.

이야기가 여기까지였다면 소문은 그리 퍼지지 않았을 것이다. 그녀는 외로웠다. 혼자 남은 집은 차가웠다. SNS를 통해 친구들을 구했다. 이유 없이 자신을 좋아해 줄 친구를. 하지만 이유 없이 누군가를 좋아하는 것은 불가능하다고 여겼던 그녀는, 불가능하다면 차라리 단 하나의 이유만 가지고 자신을 좋아해 줄 친구들을 구하는 게 더 낫다고 여겼다. 그녀는 남자들을 불러들였다. 소문의 근원은 그것이다. 같이 있어 주기만 한다면 그녀는 그 누구와도 관계를 맺었다.

아이들은 이런 이야기에 환장했다. 아직 성년이 되지 못한 못갖춘마디인 본인들을 받아줄 마지막 마디가 그녀인 것처럼 느꼈다. 그 소문의 끝에서 그들을 받아 어른으로 만들어줄 그녀가 기다리고 있을 거라고. 그러나 그 말은 곧 그녀에게는 어딘가 부족한 점이 있다는 뜻 밖에는 되지 않았다. 그들을 얼핏 보기에는 그녀를 우상화하는 듯 보였지만 사실 그 우상화의 우는 '어리석을 우'여서, 그녀를 바보 취급하는 것밖에는 되지 않았다. 그들에게 그녀는 같은 사람으로 여겨지지 않았고, 소문은 사람에 대한 이야기가 아니라 그들을 채워줄 판타지에 대한 이야기였다.

나는 그녀를 실제로 본 적이 없다. 아이 중에도 실제로 그녀를 본 사람은 없을 것이다. 그런데 한가지가 이상했다. 그녀도 중학교에 다녔고 그전까지는 정상의 범주에서 생활했다면, 그녀에게도 친구가 있었을 것인데 왜 아무도 그 소문에 분개하지 않았던 것일까? SNS에서는 그녀의 이야기가 한동안 떠돌았지만 그녀의 계정은 본 적도 없었다. 그리고 그녀를 옹호하는 그 누구도 본 적이 없었다. 마치 소문 속에만 존재하는 사람처럼 말이다. 그런 사람이 현실의 나보다 더 많은 영향을 주고 있었다. 한동안 학교 곳곳에서는 그녀의 나체가 옅게 퍼져있었다.

12.

앞서 말한 걸 보면 내가 음란물을 전혀 싫어하거나, 음란한 행위를 전혀 안 하는 것처럼 보일 수 있다. 그러나 내가 그런 성인군자 유형이라는 것은 아니다. 가끔 그런 아이들이 있다고는 하지만 나는 그 말을 믿지 않는다.

생쥐한테 고래가 너와 같은 포유류라는 사실을 말하면 전혀 믿지 않을 것이다. 그리고 고래에게 너와 같은 포유류가 저 작은 생쥐라고 하면 믿지 않을 것이다. 둘은 만날 일도 없고 대화할 일도 없다. 고래에게는 바다가 삶이고 육지가 죽음이다. 생쥐가 바다로 들어가면 숨이 막혀 죽어갈 뿐이다. 그처럼 나도 나와 같은 인간이면서 성적인 욕망을 느끼지 않거나, 참을 수 있을 만큼만 느끼는 사람이 있다고 하면 전혀 믿지 못한다. 그들 사이에 있으면 죽어갈 뿐이다.

그전에는 야동을 본 적이 없었다. 야한 글은 본 적이 있다. 학우들에게 야한 이야기를 들어본 적은 있다. 그러나 실제로 내가 그것을 본 적은 없었다. 모두가 성적인 충동은 느끼지만 성적인 영상물들은 법적으로 금지가 된다. 어른들은 성적인 충동이 정말로 성기에서만 나오며 그것은 다른 충동으로 없어지는 것이라고 여겼던 모양이다. 만화 영화에 나오는 악당처럼 그것만 없애면 끝이라고 생각했다. 그러나 충동이란 다른 모든 것과 같이 온몸을 휘감으며 복잡하게 자라난다. 운동을 하면 더 활력이 넘쳐서 충동이 거세질 수도 있다. 공부하면 그 반작용으로 더욱 보상을 원하게 될 수도 있다. 인간의 몸은 어느 정도 성장을 이루면 번식을 준비한다. 그것은 모른 척한다고 없어지는 것이 아니다. 이름이 붙여지지 않는다고 존재하지 않는 것이 아니다. 그저 해소되지 못한 채 어딘가에서 불만족이 쌓여갈 뿐이다.

내가 처음 진짜 음란물을 접한 것은 영어학원이었다. 학교에 무서운 학우가 있었듯, 학원에도 덩치가 크고 행동이 무서운 친구가 있었다. 꼭 고릴라처럼 생겼고 눈이 작았으며 안경을 썼다. 그 나이에 벌써 수염과 구레나룻이 하나로 이어졌다. 키는 내 1.5배는 되는 것 같았다. 그의 외모는 보잘것없었으나 그 위압감 때문인지, 아니면 유쾌한 성격 때문인지 항상 남자아이들이 주변을 둘러싸고 있었다. 유쾌한 성격도 위압감에 대한 자신감 때문에 나온 것이기는 했다.

학교에서는 조용했던 나도 그곳에서는 나름 유쾌하게 지냈다. 오래 보는 친구보다는 가끔 보는 친구가 더 편한 것은 어째서인지 모른다. 아마 부담감이 덜해서 그런 것 같다. 그곳에서는 나도 나름 다 친하게 지냈다. 그 무서운 친구와도 말이다.

그러나 그저 내 생각일 뿐이었나 보다. 언젠가 그 친구가 나에게 핸드폰을 빌려달라고 했다. 나는 아무런 저항 없이 핸드폰을 빌려줬다. 그런데 어젯밤 내가 검색을 한 기록이 남아있었다. 학술적 그림만으로도 호기심이 채워지던 시절의 원초적인 단어였다. 성관계. 그는 그것을 보고 씩 웃더니 나에게 휴대전화를 보여줬다.

"이거 뭐야?"

"앗 아니야 아무것도! 이리 줘!"

"네가 검색한 거지? 너 이런 거 봐?"

"아니라니까 그런 거!"

"그럼, 여자애들이랑 선생님께 말해도 되겠네~"

"안돼 그건, 미안해…"

"뭐가 미안해? 일단 따라와 봐"

화장실로 들어갔다. 다른 아이들 몇 명도 들어왔다. 내가 그나마 친하다고 느꼈던 아이들이었다. 화장실은 좁았다. 그는 나를 몰아넣었다. 그는 곰 같았고 그 옆에 아이들은 하이에나 같았다. 친구는 어디에도 없었다.

"와. 너 이런 거 볼 줄은 몰랐네. 귀여워라. 돈 있어? 내가 모른 척해주는 대신 돈 좀 줘."

용돈을 그리 많이 받지 않았지만, 당황한 나는 있는 돈을 다 털어서 주었다. 그는 웃으며 여전히 핸드폰을 돌려주지 않았다. 다른 아이들도 같이 웃었다.

무서웠다. 아무리 말해도 듣지 않고 웃을 뿐이었고, 아무리 힘을 써도 먹히지 않고 밀릴 뿐이었다. 비참했다. 어두운 화장실 불빛이 깜빡거린다. 그는 내게 장난이라며 다시 휴대전화를 돌려주려다 말했다.

"이런 거 말고, 야동 사이트 가르쳐 줄까?"

그는 나에게 주소를 입력해서 보여줬다. 그곳에는 서양인들이 온몸을 드러내고 있었다. 여자의 몸은 굴곡졌고, 남자의 몸은 근육이 가득했다. 씩 웃으며 말했다.

"고맙지?"

나는 애써 동의했다. 돈을 잃었지만 고맙다고 했다.

"고마워."

웃음까지 지어 보였다.

그러자 그는 다시 한번 크게 웃었다.

"이 새끼 봐라 고맙대."

모두 웃었다.

내가 그런 것을 검색했다는 소문은 학원에 퍼지지 않았다. 어쩌면 애초에 퍼뜨릴 생각이 없었는지도 모른다. 정말 장난이었나 하고 자기 위로를 했다. 지갑은 비어 있다.

그날 밤 그 사이트에 들어가서 영상들을 봤다. 여성이 남성의 성기를 만지고 핥고 빨았다. 남성의 표정이 눈에 들어왔다. 한 번도 본적 없던 표정과 소리였다. 나는 흥분을 참지 못하고 그 남성을 보며 나의 성기를 만지기 시작했다. 남성의 온몸은 꿈틀거리며 강하게 달아올랐다.

흐물거리던 해면체는 어느샌가 딱딱하고 뜨거워졌다. 이런 경험은 자주 있었다. 하지만 영상에 나온 것처럼 그것을 오래도록 위아래로 만진 적은 없었다. 나는 확신이 없었다. 이렇게 오래도록 만지면 무엇이 어떻게 되는 걸까. 그 남자의 표정을 보다가 점점 나의 것에 집중하기 시작했다.

화장실은 나의 열기로 가득 차 있었다. 이어폰 밖으로 소리가 새어 나오지 않을지 걱정되었고, 부모님이 의심하지 않을까 긴장되었다. 그러다 무언가 가득하고 씁쓸한 것이 알싸하게 올라오는 것이 느껴졌다. 분출되었다. 하얗고 진하고 끈적했다. 옅은 쓰라림이 아직 남아있고 눈이 아득해지며 전기들이 아른거렸다. 더 이상 그 무엇도 느껴지지 않았고 다만 영상 속 남자의 표정도 평온해진 것이 보였다. 나는 그에게 안기고 싶었다. 모든 것이 녹아내려, 그가 받아주었으면 했다.

그 이후 나는 그런 영상들을 자주 봤다. 평소에 별다른 취미도, 만날 친구도 없던 나는 그 쾌락에만 깊게 빠졌다. 대부분의 시간은 영상을 봤고, 또 나머지 시간은 수음을 했다. 학교에 가는 것이 힘들었다. 육체적으로 힘들었던 것은 아니다. 매일 남성의 그런 표정들을 화면으로 보다 보니, 다른 남자애들에게 말을 거는 것이 힘들었다. 무언가 투명하게 꿰뚫릴 것만 같았다. 나의 얼굴은 투명했다. 그럴수록 남들의 얼굴은 영상들로 가려져 불투명해졌고 같은 인간으로 느껴지지 않았다.

나 자신이 부끄러웠다. 욕망은 죄악으로 취급된다. 나는 더 이상 그 누구에게도 솔직해지지 못한다. 가족에게 음란에 관해 말할 수 없었으며, 남자애들에게 남성에게 성욕을 느낀다는 것을 말할 수 없었다. 그들에게 게이 새끼는 무엇보다 심한 욕이었다. 그리고 어른들에게 게이는 측은한 치료와 관심의 대상이었다. 나는 숨길 수밖에 없었다. 인정받을 만큼 특출나지도 아름답지도 않았다. 그냥 다를 뿐이었다. 빛은 나지 않고 그림자밖에 남아있지 않았다. 그림자라도 들키지 않으려면 더 색을 죽이고 살아야만 했다. 평범해지고 싶었다.

학원에서도, 학교에서도 나는 어울림으로 어울리지 않았다. 섞임을 통해 섞이지 않았다. 항상 그들의 옆에 있었지만 동시에 옆에 없었다. 낮은 잠식되었고 밤은 활달해졌다. 점점 삶은 무미해졌고 생은 쾌락에 잠겼다. 기쁘면 기쁠수록 죄책감은 커졌다. 가득 찬 물컵에 무언가가 들어가면 물이 넘친다. 무언가를 빼버리면 컵 안의 물은 이전보다 적게 남아있다. 넘쳐버린 물은 이미 말라서 저 멀리 흩어진다. 무언가는 갈수록 커지고 넘치는 물은 갈수록 많아진다. 남아있는 물은 점점 적어진다.

13.

밖을 바라본다. 학교는 산 위에 있어서 동네가 내려다보인다. 저 밑에 시내까지 가는 도로가 보인다. 여기서 시작하는 이 길이 저 멀리까지 한 번도 끊기지 않고 간다니 신기했다. 이 시간에 밖에 있는 사람들이 신기했다. 부럽다. 나도 언젠가는 저렇게 한낮을 걸어보고 싶었다. 한낮은 젤리처럼 응고해서 학교에만 머무른다. 나는 자유롭게 다니는 한낮에 대한 기억이 희미했다. 그렇게 돌아다니더라도 결국 남의 시선을 신경 쓸 것을 안다. 그래도 나가고 싶었다. 다시 교실을 돌아봤다. 교실은 형광등에 의지해서 어둡다. 선생님의 말씀에 모두 졸고 있다. 오후 두 시를 넘어가면 시간은 산들바람을 타고 꿈을 실어준다. 다들 무슨 생각을 하고 있을까. 그러다 종이 치고 언제 그랬냐는 듯 겨울잠에서 깨어났다. 한 시간에 10분씩 찾아오는 여름이다.

문득 C의 이름이 들렸다. C는 같은 중학교에 다녔지만 한 번도 본 적이 없었다. 소문으로는 가출했다고 한다. 그러다 돈이 떨어지면 주차되어 있던 차를 털어서 식비를 충당했다. 달동네에는 재개발이 들어가지 않은 빈집이 많았는데, 그런 곳에서 숨어서 생활했다. 그러다 한번은 빈 차를 털다가 걸려서 소년원도 갔다 왔다고 한다. 이제는 인상이 달라졌지 않았을까 싶었지만 언뜻 본 그의 얼굴은 여전히 아름다웠다. 때 타지 않은 흰색이었고, 마모되지 않은 검은 눈동자였다. 어른들이 말하는 책임은 언제쯤 지게 되는 것일까 궁금했다. 그도 그럴 것이 나조차도 여전히 그의 얼굴을 보면 심장이 뛰었다. 이제는 2차 성장이 이뤄져서 남성스러움까지 느껴졌다. 이전에도 그는 어른 같았으나 지금 생각해 보면 그 당시의 그는 그저 어린 아이일 뿐이었다.

그런 그의 이름이 들려오자 나는 반가웠다. 이제는 너무 멀어졌지만, 한때는 가볍게나마 먼저 인사도 걸어주던 형이다. 또 여전히 내 마음속에는 내적인 친밀감이 뿌리내리고 있던 사람이다. 우리 반에서 호사가로 유명한 땅콩같이 생기고 얼굴이 까무잡잡한 아이가 말했다.

"다들 C형 알지? 그 형 소식 들었어?"

"응 알지 그 형 되게 무섭잖아."

뭐를 모르고 하는 소리일 것이다.

그 형은 무리 중에서 착하고 인상이 선한 편이었다.

"근데 이번에 그 형 오토바이 사고 나서 죽었대."

"진짜? 저번에 쇄골이 부러졌다더니 그거 말하는 거 아니야?"

"아니야 진짜야. 나도 자세한 건 모르는 데 오토바이는 자기 것이었다던데?"

"에이 말이 돼? 또 훔친 거 아니야? 그 나이에 어떻게 오토바이를 타."

아이들은 오토바이에 대한 열망이 있었다. 담배, 술, 오토바이. 그 세 가지가 이른바 잘나간다는 것의 상징이었다. 아이들은 그런 이야기를 할 때면 눈이 커졌고, 목소리는 높아졌다. 이번에는 실제로 주변 사람이 죽었다는 데도 그 이미지에만 관심을 가졌다. 괜히 더 센 척을 하려고 책상에 걸터앉거나, 의자를 뒤집어서 등받이 쪽에 팔을 기대어 까딱거리고 있었다. 살아있던 불빛이 한순간에 연기와 먼지가 되어버렸다. 믿을 수 없었다. 사람이라는 불꽃이 어떻게 한순간에 사그라들 수 있을까? 그들도 아마 믿을 수 없어서 더 그렇게 행동한 걸지도 모른다. 아무것도 아닌 것처럼.

학교가 끝나고 집으로 돌아가는 길, 노을은 길었다. 도로를 따라 길게 이어져 내 얼굴까지 닿았다. 뜨거웠다. 까마귀 소리가 들린다. 현관문을 열고 집으로 들어갔다. 할머니께서는 저녁 약속이 있으셔서 집은 붉고 텅 비어 있었다. 물소리만 난다. 방으로 들어가 책을 읽으려 하지만 책이 손에 잡히지 않았다.

'정말로 죽은 것일까? 아니면 그냥 헛소문일까? 죽으면 어떻게 되지? 그냥 못 보는 것 아닌가? 어차피 친하지도 않았잖아. 그래도 사람이 죽었잖아! 그래서 뭐, 아무런 일도 없어 나한테는. 내가 죽어도 사람들이 그러겠지? 결국 그럴 거야. 이야기로도 안 남겠지. 이러면 안 돼. 죽은 사람마저 부러워하다니. 그래, 죽은 사람은 아무것도 느끼지 못해. 결코 부러워할 대상이 아니야. 아니 그런 문제가 아니라. 그건 죽은 사람에 대한 예의가 아니잖아. 죽은 사람은 아무것도 느끼지 못하는 데 무슨 예의를 지켜야 해? 살아있을 때는 그렇게 나무라던 어른들은 왜 인제 와서는 고인의 예의를 지키라는 걸까? 살아있고, 느낄 수 있을 때 더 잘 해줘야 하는 거 아니야? 이미 떠나버린 비행기를 보고 인사를 하는 게 무슨 소용이냔 말이야. 결국 남아 있는 사람들을 위한 거 아니야? 그럼 죽은 사람들을 위해 아무것도 할 필요가 없다는 거야? 그런 거지. 결국 사람들이 그들을 위해서 한다는 행동은 자신의 마음속에 있는 그 사람의 이미지를 위해 하는 행동인 거야. 의미가 없지는 않지! 다만 다를 뿐.'

도어락을 누르는 소리가 들렸다. 삐삐삐삐. 소리가 빠른 걸 보니 어머니다. 아버지의 소리는 더 느리다.

저녁을 먹었다. 어느새 하늘은 심해처럼 짙은 푸른 빛이 된다. 이제는 식사의 불쾌한 뜨거움을 제법 잘 참아냈다. 적응한 것은 아니었다. 아마 평생토록 적응하지 못할 것이다. 하늘의 남색을 반찬 삼아서 식음의 두꺼운 열기를 참아냈다.

티비에서 기사가 흘러나온다. 우리 집 근처에서, 지금도 창밖으로 내려다보이는 거리에서 일가족이 사고를 당했다. 차를 타고 가던 중이었는데 한 오토바이가 역주행해서 그들을 그대로 들이박았다. 운전 중이던 아버지는 그 자리에서 사망했고 나머지 사람들도 중상을 입었다. 아들 하나 있는 집인 것이 우리 집과도 같았다. 그러나 이제는 완전히 달라졌다. 오토바이를 몬 사람은 중학교 3학년에 가출청소년이었다. 번호판도 없는 오토바이를 타고 뒤에는 여고생을 태우고 달리고 있었다. 음주 상태였다는 말도 있다. 더는 상관없는 일이다. 둘 다 그 자리에서 죽었으니 말이다.

아버지는 혀를 찼다. 어머니는 나에게는 오토바이 같은 건 쳐다도 보지 말고, 나쁜 친구들이랑 어울리지 말라고 했다. 아무도 안 어울리는 것과 나쁜 친구와 어울리는 것 중에서 무엇이 낫냐고 물어보려고 했으나 말을 길게 이어가기 싫어서 그냥 알겠다고만 대답했다.

물고기들이 우리를 쳐다본다. 유독 하얗고 아름다웠던 한 마리가 눈동자마저 하얗고 뿌옇게 변한다. 붉은 태양이 구름에 가린다. 알비노로 태어나 선천적으로 약했다. 그의 이미지는 여전히 타오른다.

14.

예나 지금이나 한 달에 한 번 정도 머리를 자른다. 중학교 당시에 다니던 미용실은 집 근처에 있는 대형 마트안에 있었다. 가려면 큰 대로를 건너야 했지만 이제 나는 그 정도쯤은 혼자서 갈 줄 알았다. 커다란 건물들과 고가도로 밑으로 건널목이 나 있었고 푸르른 그늘이 졌다. 가을이 와서 날은 제법 쌀쌀하다. 중학교는 두발 단속을 하므로 하기 싫은 스타일의 머리를 해야 했다. 그 머리 스타일은 남성의 성기를 닮았다고 하여 귀두컷이라고 불렸다. 멸칭이다. 나는 그것도 모른 채 부모님께 이야기했고, 부모님은 다소 당황스러워하셨지만 어영부영 넘어갔다.

이날도 내가 싫어하는 머리를 하기 위해 돈을 쓰러 갔다.

싫어하는 것을 위해 돈을 쓰는 것만큼 기분이 나쁜 일도 없을 것이다. 나는 당시 내가 하고 있었던 머리가 길이도 아주 짧았고 단정했다고 생각한다. 실제로 성인이 된 지금은 그보다 2개월은 넘게 길은 듯한 기장의 머리를 하고 있다. 중학교에서 저항할 만큼 깡다구가 있진 않아서 그저 허탈한 마음만 소지한 채 머리를 깎으러 가고 있었다. 건널목을 기다리는 데 어디서 익숙한 분위기의 남자가 다가온다. 나는 그의 냄새를 기억한다. 느티나무에 피어난 곰팡이를 먹는 멧돼지의 냄새. P다. 이제는 태권도 도복을 입지 않고 있었다. 몸도 얼굴도 조금은 달라져 있었다. 우선 키가 예전보다 작아졌다. 실제로 작아진 것은 아닐 테지만, 내가 큰 것에 비해 그가 덜 컸기에 상대적으로 작아 보였다. 물론 여전히 나보다는 덩치가 컸다. 검던 얼굴은 더 까매졌고 진하던 눈썹과 작은 눈은 여전히 두드러졌다. 얼굴의 굴곡은 더욱 짙어졌고 여기저기 작은 여드름이 났다. 분명 작은 여드름이었지만 그 얼굴에 흐르던 검은 젊음의 기운을 끊기에 충분했다. 무언가 어긋났다.

그는 어울리지 않게 캐주얼한 후드티를 입고 여전히 두꺼운 손을 내 어깨 위에 올렸다.

"오 지한이 아니야. 오랜만이네."

"앗 안녕하세요."

"왜 그렇게 격식을 차려?"

그는 한 번도 보인 적 없던 너스레를 떨었다. 그의 손은 이전보다 가벼웠다.

"아 아니에요. 잘 지내셨어요?

"그럼. 다시 이 근처로 이사 왔어. 어디 가는 길이야?"

초록 불이 다시 한번 빨간불로 바뀌었다. 우리는 암묵적으로 다음 신호까지 대화를 이어 나가기로 했다.

"저는 미용실 가고 있어요! 형은요?"

"나는 친구 만나러 가고 있지. 미용실이라면 저 마트에 있는데?"

"너 거기…거기 좀 별로지 않아?"

"네?"

그는 한 번도 본 적 없는 웃음을 지으며 말했다.

"거기 누나들은 예쁘긴 한데, 실력은 영 별로잖아. 너도 거기 누나들 보러 가는 거 아니야? 미용사 누나들. 가끔 가슴도 닿잖아. 일부러 닿는 거 아닌지 몰라. 왜 장사 잘되게 하려고 일부러 그러는 거 있잖아? 뭐 우리 입장에서는 오히려 좋지. 그래도 머리하러 가기는 좀 별로야. 너도 그래서 가는 거지? 너도 이제 중학생인가? 다 컸네! 다 컸어. 벌써 그렇게 밝혀? 어릴 때는 귀여웠는데 이제 남자 다 됐어!"

잠깐 사고가 달리기를 멈추고 숨을 돌렸다. 부모님과 함께 가던 그 공간을 그는 전혀 다르게 인식하고 있었다. 그런 생각은 단 한 번도 못 했고, 하기도 싫었다.

"아 네…"

더는 말을 이어가지 못했다. 그 얼굴에 있는 여드름은 나를 처연하게 쳐다본다. 내 앞에 있던 건 더 이상 내가 알던 그가 아니었다. 빛나지도 않았고 그 옷 속에 검은 무언가도 느껴지지 않았다. 눈동자는 탁한 안개가 낀 밤하늘 같았다. C는 죽는 순간까지도 불탔을 것이다. 그러나 그는 살아서도 그 불이 꺼지려 했다. 그의 불은 이전과는 다른 방향을 향해 달려가고 있었고, 그것은 나의 방향과도 달랐다.

신호가 다시 한번 초록빛으로 바뀌었다. 벌써 깜빡거리며 우리의 발걸음을 재촉한다. 연석이 부서져 있다. 우리는 작별 인사를 하고 헤어졌다.

"그래 그럼 다음에 또 봐!"

"네 형 다음에 또 뵐게요."

그러나 나는 다시는 그를 보고 싶지 않았다.

길을 건너 마트로 들어갔다. 많은 가족이 화목하게 대화를 나누며 카트를 끌고 있었다. 아무 일도 없었단 듯이 미용실로 들어갔다. 미용사께서는 밝게 웃으며 예약자 이름을 묻는다. 어머니의 이름을 답했다. 창피해서 얼굴을 잘 쳐다보지 못했다. 야동의 이미지 때문에 남자아이들을 잘 쳐다보지 못한 것과 비슷하지만서도 조금 다른 창피함이다. 그것은 내가 어항 속 물고기를 잡아먹은 듯한 불쾌함이었다면, 이번에는 누군가가 식인 한 것을 목격한 듯한 불쾌함이다. 그리고 나는 그것을 묵인한 그의 공범이다. 목격자는 방관자란 이름의 범죄자가 된다. 가만히 있는 것만으로도 죄책감이 든다.

머리를 자르기 시작하자 그 감정은 짜증으로 덮인다. 부모님 앞에서 귀두 컷이라는 말을 꺼낸 부끄러움도 갑자기 몰려온다. 내 머리가 귀두로 변해가는 것을 바라만 보고 있었다. 나는 그 무엇도 막을 수 없었다. 애써 눈을 감고 모든 것이 끝나기를 기다렸다. 머리는 점점 기괴한 형태로 짧아져 나를 비웃는다. 마침내 눈을 떴을 때는 모든 것이 끝나있다. 미용사께서 물었다. 머리가 괜찮냐고. 일말의 양심을 지키기 위해서 거울을 차마 쳐다보지 못하고 좋다고, 감사하다고 대답했다.

나는 연달아 두명의 남자를 잃었다. 내가 사랑했던 그들은 더이상 존재하지 않았다. 사랑은 순간을 향하고, 순간은 사라지기에 이별은 필연적이다. 누군가를 사랑한다는 것은 누군가를 잃는 일이다.

3장

15.

희한하게도 고등학교는 오히려 두발 규정이 약해서 머리를 조금 더 기를 수 있었다. 머리를 더 길게 기르고, 당시 유행하던 커다란 뿔테 안경을 쓰면 어느 정도 얼굴이 가려져서 나쁘지 않은 얼굴이 되었다. 나는 그런 유행의 수혜자였다.

중학교 바로 옆에 있던 고등학교에 들어갔다. 여전히 창문에는 창살이 있었고, 중학교도 삭막했지만 고등학교는 더 삭막해졌다. 모든 것이 회색이었고 바닥은 딱딱했다. 그러고 보면 조심해서 다녀야 할 것 같지만 아이들은 여전히 시끄럽게 뛰어다니고 넘어지곤 했다. 학교에는 가끔 크게 쿵 하고 고목이 넘어지는 소리가 났다. 누구 한 명 크게 다치는 거 아닌가 싶었지만 아무런 소문도 돌지 않았다. 정말 아무 일도 없어서인지 흔하게 일어나는 일이라서 그런지는 잘 모르겠다.

중학교는 입학 초부터 싸움이 많이 일어났었다. 그런 탓에 고등학교도 올라오면서 얼마나 무서운 사람들이, 얼마나 많은 무서운 일들이 있을지 걱정했지만 놀랍게도 그리 싸움이 많이 나지는 않았다. 미친개처럼 날뛰던 아이들이 그새 철이 들어서 얌전해진 것은 아니고, 그런 아이들이 모두 다른 고등학교를 갔던 덕분이다. 고등학교는 선택할 수 있어서 인문계 고등학교에 오는 아이들, 그중에서도 조금은 공부를 힘들게 시키고 학생들을 쥐잡듯이 잡는다는 우리 학교에 온 학생들은 어느 정도 억제될 각오를 하고 온 사람들이었다. 그러니 오히려 두발이나 복장 측면에서는 우리를 덜 잡았다.

중학교보다 훨씬 다양한 활동들을 할 수 있었고, 훨씬 많은 시간을 학교에서 보냈다. 처음 야간자율학습을 끝나고 집으로 돌아가는 길에 누군가가 그런 말을 했다.

"우리는 8시도 되기 전부터 학교에 와서, 9시가 넘어서 학교를 나가니까, 사실 우리는 학교에서 생활하고 집에는 잠시 들르는 거야."

과연 그 말이 맞았다. 13시간 이상 학교에서 시간을 보냈고, 10시간도 안 되는 시간을 집에서 보냈다. 그러니 학교 친구들하고 더욱 사이가 돈독해지고, 가족들과는 사이가 멀어지는 것이 당연했다. 요즘 애들은 부모님하고 대화를 안한다느니 하는 것은 어불성설이었다. 물론 친구들하고도 그리 대화를 길게 하지는 않았다. 50분 공부를 하고 10분을 쉬니까 아무리 점심, 저녁을 다 합쳐도 그 시간은 그리 길지 않았다.

서로 친해지는 아이들을 보면 신기하고도 부러웠다. 어떻게 시간이 나서 서로 끈끈한 우정이라는 거미집을 만드는 것일까? 또 누구랑 친해질지는 어떻게 정하는 걸까? 가만 보면 여가를 같이 보내거나 여가에 본 것을 나누는 데, 나는 여가에 하는 것이 고작 야동을 보고 수음을 하는 것밖에 없었다. 그러다 수음이 끝나면 책을 보거나, 쓸데없는 공상에 잠겨 부질없는 생각들을 했다. 독립 영화나 전시를 보고 싶었지만, 남자애 중 그런 것을 보러 다니는 애들은 없었다. 함부로 말했다가 '게이' 같다는 말을 들을 것이 뻔했다. 그곳에서는 남자에게 아름다움이 허락되지 않았다.

다들 어떻게 애니를 보고, 게임을 하고, 축구를 하는 건지 전혀 공감이 가지 않았다. 나는 영락없이 물에 빠진 생쥐, 물 밖에 나온 가물치였다. 열심히 살려고 파닥거리지만 겨우 숨을 쉬는 게 다일 뿐 적응해서 살아가지는 못했다.

그나마 공통된 관심사는 음악이었다. 힙합, 록, 댄스 음악,

발라드, 어떤 것이든 좋았다. 보통 이동하거나 시간이 남을 때 노래를 듣곤 했다. 어떤 일이든 열심히 좋아하면 점점 그 취향의 무게가 무거워지고 깊어지기 마련이다. 애니를 보더라도 깊이 판 친구들은 대중은 상상도 못 할 것을 보며, 영화도 일반인이 보면 난해하고 잠이 오는 영화를 좋아한다. 운동도 가면 갈수록 심화하고, 게임도 결국에는 고인물 룩이라고 하는 이상하고 외계인스러운 옷을 입고 다닌다.

음악도 마찬가지다. 더 오래 들을수록 새로운 것, 익숙하지 않은 것을 찾는다. 대중적인 것은 모두의 공통 분모, 취향의 교집합을 건드리기 때문에 다양성이 떨어진다. 그러나 대중적이지 않은 것은 그 종류가 너무나도 다양해서 같은 취향을 찾기 힘들어진다. 그냥 서로 그러려니 하고 넘어가는 것이다. 알아주는 것은 오직 인터넷 커뮤니티 뿐이었다.

주류의 음악취향과는 다른 취향 탓에 대화에 끼어들지는 못했고, 겉돌면서 있는 듯 없는 듯 리액션만 이어갔다. 내가 더 매력적인 사람이었다면 내 취향은 독특한 것이 됐을지도 모른다. 어떤 사람들은 서로 간의 차이를 사랑한다 말하지만, 사실 그것은 진정으로 차이를 사랑하는 것이 아니다. 단지 사랑이 차이를 포용하는 것이다. 자기 기준에서 인정할 수 있는 다름만을 사랑한다. 그 기준을 벗어나 버린다면 눈에 들어오지조차 않는다.

이 생활은 금세 익숙해졌다. 어릴 때는 나를 세차게 휘둘렀던 외로움이 이제는 잔잔한 파도처럼 나른하게 적실 뿐이었다. 그날도 그렇게 뒤늦게 방으로 들어와 부모님께 인사를 드렸다.

"왔어?"

그날따라 어머니의 목소리에 힘이 없으셨다. 아버지는 인사조차 받아주지 않으셨다. 집은 어두웠고 주황색 야간 등만 켜져 있었다. 그 밑으로 그들의 눈 그림자가 깊게 팬다. 평소에는 지나치게 밝아서 짜증이 날 정도로 부담스러웠는데, 이렇게 힘이 없으시니 그 부재로 이전 날들의 밝음이 넘쳐흘러 되려 더 신경이 쓰였다.

"네. 무슨 일 있나요?"

어머니는 아버지를 쳐다보셨다. 밖에는 다른 건물 옥상의 불빛이 깜빡거린다. 집이 어두워지니 더 잘 보였다. 그녀는 휴대폰을 만지작거렸다. 아버지께서 나를 보셨다.

"할머니께서 암에 걸리셨대."

억눌린 목소리. 사이렌 소리가 들렸다. 우리 집은 대로 근처에 있어서 오토바이 소리며 사이렌 소리며 잘 들린다. 아버지는 어머니의 손을 잡으셨다. 어머니는 핸드폰을 놓고 잡힌 손의 반대 손으로 물컵을 들었다. 물을 마시지 않고 들고만 계셨다.

"그럼 이제 어떻게 해요?"

나에겐 다른 할 말이 없었다. 여기서 울어야 하나? 아무 말도 해서는 안 되나? 더 걱정해야 하나? 더 이상 이렇게 살면 안 되나? 이렇게 사는 게 어떤 건데? 나는 생각이 다른 곳으로 달아나기 전에 다시 현실을 바라봤다. 어머니와 아버지의 주름이 더 깊어 보였다. 내 삶에 가장 힘든 존재들이 내 삶에서 가장 힘들 존재들로 변모해 가고 있었다. 사이렌 소리가 그쳤다.

"어떻게 하긴 뭘. 그래도 오래 사시면 2년은 더 버티실 수 있대. 이제라도 알아서 다행이야. 너는 신경 쓸 거 없어."

"네"

여전히 어떻게 해야 할지 모르겠다. 너무 비현실적이었다. 질병이나 죽음. 누군가의 현실이 끝나는 일이니 말이다. 방에 들어와 가방을 침대 옆에 내려놓았다. 급한 숙제가 있었다. 그전에, 할머니를 뵈어야 하나 고민했다. 아침 일찍 나가서 저녁 늦게 돌아오는데, 아직 화요일인데, 어떻게? 부모님께 허락을 받으려고 해도 허락해 주시지 않을 것이었다. 당장 내일 돌아가시는 것도 아닌데 말이다. 부모님의 허락이 없으면 고등학교 밖으로 나올 수 없었다. 굳이 당장 찾아봬야 할 이유도 없었다. 그래도 무언가 성의의 표시는 해야 하지 않나 싶었다. 그들도 나에게 그 말을 하면서 그 정도의 성의는 기대하지 않았을까? 아니다. 그전에 내 마음부터 정리해야 했다. 남이 원하는 것이 아닌 내 마음. 할머니와의 추억을 떠올렸다. 죄책감은 추억이 지나가는 길목마다 고스란히 쌓였다. 그 길의 끝에서 모든 흔적이 내려다보이는 언덕에 자리를 잡았다. 가족이라는 존재는 언제나 필연적이다. 시작부터 끝까지. 사랑부터 죄책감까지.

 그날 밤은 오랜만에 꿈을 꾸었다. 이미 할머니는 돌아가셨고 나는 텅 빈 집을 찾아간다. 할아버지는 다른 곳으로 이사하셨다. 텅 빈 집은 도둑이라도 든 것처럼 난장판이 되어 있다. 혼자 침대에 누워본다. 티비는 고장 나서 안에 물이 가득 차 있다. 조금씩 부서진 틈으로 물이 새어 나온다. 바닥에 쓸리는 이불을 들어 올린다. 이불속에는 낙엽이 들어있다.

 바스락

 끝이 축축하게 젖는다. 질척거리는 이불의 냄새를 맡아본다. 할머니 냄새가 난다. 백화점의 푸드코트에서 할머니들을 바라본다. 언젠가 할머니와 단둘이 밥을 먹었던 곳이다. 처음 보는 할머니들이 웃는다. 나는 물고기가 되어 입만 뻐끔거린다. 유리 밖에서 어린 나와 가족들이 보인다. 어린 나는 잔뜩 실망하고 있다. 그 벽 너머에 할머니도 같이 보인다.

 뻐끔

 눈을 떠보니 다시 아침이었다. 푸른 태양이 블라인드 사이로 나를 노려봤다. 고요의 소리가 너무 컸다. 차가운 마루에 발을 내디뎠다. 부모님이 분주하게 출근 준비를 하는 소리가 들렸다.

16.

충격은 나에게 어떤 거대한 변화를 유발할 것처럼 여겨졌
지만, 그다지 큰 변화는 없었다. 내가 느끼는 변화는 늘 잔잔
하고 서서히 다가왔다. 그쯤부터는 음란과 음악 말고, 음…
학에 대한 갈증을 느꼈다. 이전에도 글을 읽는 것을 좋아했
다. 가벼운 커뮤니티 사이트의 글들을 보거나, 교과서를 받
으면 그곳에 있는 이야기들을 먼저 읽으며 시간을 보내곤
했었다. 어릴 때부터 가볍게 책을 읽기도 했었고 말이다. 이
제는 그 정도를 좀 높여볼까 했다. 아무것도 안 하고 멍때리
면서 노래를 들으며 시간을 보내는 것보다는 책을 읽는 것
이 뭔가 건설적인 느낌이 났다. 죄책감을 덜었다.

매일 2권씩 책을 빌려서 읽었다. 시간은 넘쳐났다. 책을
읽으며 보내기 시작한 후로는 그 시간이 더 잘 체감되었다.
지나치게 맑은 물은 수심이 짐작되지 않는 법이다. 할 일 없
는 시간은 그 흐름이 느껴지지 않는다. 이후로 시간이 느리
게 갔다는 뜻은 아니다. 밀도가 높아졌다. 책 한 권에는 누군
가의 일생, 혹은 몇 개월, 몇 년의 시간이 압축되어 있었다.
나는 하루에 두 개의 인생을 엿보았다. 때로는 더 많이도. 책

마다 분량이 달라서 어떤 책은 별거 아닌 이야기를 길게 써놓고, 어떤 책은 한 사람의 평생을 짧게 써놓기도 했다. 둘 중 어느 것도 나쁘지 않았다.

책에서 답을 찾으려 했다면 읽기가 쉽지 않았을 것이지만 내 경우에는 독서 행위 자체가 답이었다.

가끔 선생님들도 책을 빌리러 오셨는데 그중 한번은 전혀 이해되지 않는 말을 들었었다.

"나는 인생이 너무 재밌고 오래 살아서, 이런 이야기들은 좀 시시하더라고. 소설책은 그래서 잘 안 읽게 돼."

수학을 가르치시던 50대 정도의 여자 선생님이 친구가 책을 고르는 동안 그런 말을 했다. 친구는 책을 즐겨 읽는지 저번에 빌린 책을 반납하고 새 책을 고르고 있었다. 그들이 있는 곳은 800번 대 앞이었고, 그중에서도 신간 코너였다. 친구는 음악 선생님이셨다. 한 손으로는 이미 고른 책을 들고 있었다. 요즘 유행하는 한국형 SF 책이다. 그녀는 다른 책들을 하나씩 빼서 내용을 휘리릭 넘겨 보셨다.

"그래도 한번 읽어봐. 현실을 잊기에도 좋고 요즘은 다 재밌다니까. SF 이런 건 경험해 본 적 없을 거 아니야."

수학 선생님은 입술을 밑으로 쭈욱 늘리며 눈썹은 위로 한껏 올렸다. 가늘게 눈을 뜨며 마지못해 책장을 바라본다. 괜찮은 책이 있는지 제목을 보고 있다. 그중 한 권을 마치 사과를 따듯 가볍게 톡 하고 꺼낸다. 눈이 잘 보이지 않는 것인지, 사과가 빨간지 확인하는 것처럼 목차를 살펴보고, 문장을 읽는다. 인상을 찌푸린다. 사과가 신가보다.

"어휴. 잘 모르겠어. 솔직히 비현실적이고 좀 유치하네. 물론 나쁘다는 건 아니고. 나는 책보다는 현실에서 더 많은 걸 느끼는 편이라."

음악 선생님은 됐다는 표정으로 피식 웃는다. 이미 체념한 듯 보였다. 그녀는 마저 책을 골랐다. 연대를 다룬 한국 소설이다. 한창 인기다. 그녀는 두 권을 들고 도서관을 빠져나갔다. 수학 선생님의 손에는 아무것도 없다.

나는 그들이 떠난 자리로 가서 그녀가 집었다 내려놓은 책을 살펴봤다. 심술이 나서 그 책과 그 작가의 다른 책을 집어 들었다. '오늘은 이 책이구나.' 책을 빌리고 도서실을 나갔다. 문 닫히는 소리가 천장에 매달린 고급스러운 전등을 흔들었다.

나는 자습 시간이 되어 책을 읽었다. 자습은 야간 자율학습까지 합쳐서 하루에 한 4시간 이상 된다. 그 정도 시간이면 짧은 책은 두 권, 중간 정도의 책은 한 권이 간당간당한 정도의 시간이다. 선생님들은 이런 나의 독서를 별로 좋아하지 않으신다. 처음에는 공부하는구나 하고 슬쩍 넘어가셨지만, 책을 읽는 것과 공부를 하는 것은 자세부터가 다르기에 금방 들통이 났다. 펜도 들고 있지 않고 책장만 넘기니 말이다. 그래서 걸리면 결국 한 소리를 듣는다.

"책도 좋지만, 자습 시간에는 교과과목 공부를 해야지. 그거 읽는다고 국어 성적 좋아지는 거 아니다. 착각하면 안 돼."

급기야 책을 빼앗기기까지 한다. 다른 아이들은 휴대폰을 몰래 사용하거나, 전자사전에 재밌는 영화 등을 다운 받아 와서 몰래 보는데, 책을 보는 것이 그 정도인가 싶었다. 당당하게 보는 내 태도가 문제인 것 같다는 생각이 들어 그다음부터는 몰래 숨어서 책을 봤다. 위에는 교과서를 놓고 책상 밑의 서랍에 책을 넣어놓고 몰래 빼서 봤다. 그러다가 선생님께 들키면, 내가 휴대폰이라도 하는 줄 알고 나를 잡았던 선생님은 내가 책을 읽는 것을 보고 정상참작 해주셨다. 사람 옆에 있으면 강아지가 말을 안 듣는 것처럼 보이지만 고양이 옆에 있으면 강아지가 그렇게 말을 잘 듣고 착한 녀석처럼 보일 수가 없다.

그렇게 한동안은 몰래 책을 숨겨서 보곤 했다. 그러다 보면 이제는 학생들 사이에서 문제가 생긴다. 학생들은 공부를 안 하고 자기들처럼 노는 학생을 좋아하기 마련이다. 그렇다고 공부를 잘하는 학생을 싫어하는 것은 아니다. 공부를 잘하면 참새가 매를 보는 것처럼 그 가치를 높게 산다. 그러나 문제는 공부는 공부대로 하고, 성적은 안 나오는 실속 없고 재미없는 녀석은 그리 좋아하지 않는다. 딱히 싫어하지는 않지만 말 그대로 호감을 보이지는 않는다. 말을 걸지도 않고, 멋있게 보지도 않는다. 그냥 지나가는 돌멩이 1이 되어버린다. 나는 공부를 하지 않고 책을 봤지만, 학생들의 입장에서는 그것도 공부처럼 보였던 모양이다. 그리고 성적은 그리 잘 나오지 않는 중위권이다. 그렇기에 나는 돌멩이 1이 되어버렸다.

돌멩이가 된 나는 책에만 빠져 살았다. 푸른 해가 노란 해가 되고 다시 붉은 해가 되어 보라색 하늘 밑으로 내려갈 때까지 책을 읽었다. 고개를 들면 하늘은 푸르렀고 노란 운동장이 빛났다. 다시 고개를 들면 하늘은 붉어지고 오래전 언젠가를 떠올리게 했다. 가장 밝은 별이 빛났다. 그러다 다시 고개를 들면 하늘은 고동색 혹은 보라색으로 변해서 온 세상으로 내려앉았다. 시간은 촘촘하면서도 빠르게 흘러갔다. 끝없이 똑딱거리는 자명종 시계처럼.

책을 보다 아픈 사람이 나오면 할머니 생각이 났다. 할머니의 투병은 일상이 되었다. 어떨 때는 상태가 좋았고, 어떨 때는 안색이 눈에 띄게 안 좋아지셨다. 상태가 호전되었을 때는 원래 친했던 친구들과 함께 등산도 가셨다. 아버지는 걱정하셨지만, 어머니는 마지막이 될 수도 있으니 가실 수 있을 때 가는 게 맞지 않겠냐고 아버지를 타일렀다. 나는 일주일에 한 번씩 뵐 뿐이었다. 이전과 같이 활발하게 나를 보며 말랐다고 하실 때도 있었고, 얼굴이 노랗게 올라와서 조용하게 인사만 하실 때도 있었다.

그러다 가끔은 정신이 없으셔서 부모님조차 못 알아봤다. 할머니의 병간호를 하는 것은 어머니셨고, 할머니는 가끔 어머니를 아줌마라고 불렀다. 그리고 아들, 딸, 며느리, 사위를 찾았다. 바로 옆에 아버지와 어머니가 계셨는데 말이다. 항암치료를 진행 하면서 몸뿐만 아니라 정신마저 망가질 줄은 몰랐다. 책과 현실, 그 어느 것 하나 현실적인 것이 없었다. 풀장 위에 비닐을 씌우고 수영하는 시늉만 하는 느낌이 들었다. 그 풀장 안에는 모든 것이 있었지만, 어느 것 하나 닿지 않았다. 할머니 집에는 여전히 내가 태권도 하던 시절의 사진이 놓여있다. 나는 파마머리를 하고 웃으며 포즈를 취하고 있다. 그때의 모습은 내 얼굴 어디에도 없었다.

17.

내가 책을 고르는 기준은 간단했다. 특별히 목차를 살피고 작가를 검색한다기보다는 그냥 그날 끌리는 책을 골랐다. 어떤 책은 너무 작았고 어떤 책은 너무 컸다. 어떤 책은 혼자 툭 튀어나와서 자기를 골라달라고 소리쳤고, 어떤 책은 혼자 안쪽에 외롭게 숨어있었다. 가끔은 시끄러운 책을,

가끔은 얌전한 책을 골랐다. 순전히 내 마음대로였다. 혹은 도서관의 마음대로였다. 누군가가 반납한 리스트 중에서 고른 적도 있었고, 그 아무도 읽지 않을 것처럼 재미없게 생긴 책을 고른 적도 있었다. 물론 대개 재미없게 생긴 책은 실제로 재미가 없었고, 가끔은 이런 책이 여기 있어도 되나 싶을 정도로 어려운 책들도 있었다. 흔히 말하는 철학책들이 그런 위주였다. 자기들만 아는 단어를 쓰며 자기들만 아는 사상을 전개하면서 감탄했다. 어떤 것은 지극히 어려웠지만 하루에 100페이지를 겨우 읽어도 감동이 컸다. 감동이라기엔 훨씬 사적이고 개인적이며 차갑게 뿜어나오는 불길 같았다.

그날은 니체의 책이 궁금했지만, 다른 책은 너무 어려울 것 같아서 서울대 교수님이 쓴 입문자용 책을 읽으려고 했다. 책을 집으려고 할 때, 누군가가 그 책을 가로챘다. 안경을 썼지만 눈이 컸다. 그는 나를 힐끔 내려다봤다.

"아 미안, 이 책 읽으려고?"

그는 손에 쥔 책의 냄새라도 맡으려는 듯 모든 장을 촤라락 넘겼다. 엄지손가락으로 표지를 잡고 하얀 종이들 위로 부드럽고 빠르게 미끄러졌다.

"먼저 읽으셔도 괜찮아요."

그는 자세를 낮춰 나와 눈높이를 맞췄다. 나는 아직 그리

크지 않았다. 그의 눈은 호박처럼 밝았다. 검은자를 둘러싼 홍채의 안쪽에서부터 금빛이 났다.

"네가 읽기는 좀 어려울 수도 있는데. 평소에 이런 거 좋아해? 책 많이 읽어?"

도서실에는 클래식이 틀어져 있다. 불협화음 같으면서도 조화로운 피아노와 바이올린 소리가 서로를 이끌어간다. 나는 뇌까지 뚫어져라 쳐다보는 그의 눈을 피해 책을 바라본다.

"원래 책을 좀 좋아해요. 공부하는 건…아니고 그냥 재미있어서요. 이 사람은 궁금하긴 한데, 어려울 것 같아서 이걸로 시작하려고 했어요."

노래는 다음으로 넘어갔다. 부드러운 바이올린 소리 밑으로 피아노가 모자이크 파도치듯이 깔아준다. 오래 있으니 이제 그 옆에 먼지들이 떠다니는 것까지 다 보였다. 꼭 노랫소리에 맞춰 춤을 추는 것 같았다. 책장 사이에서 몰래 춤추는 먼지들.

"그러면 너 읽어. 난 이미 여러 번 읽었어. 다른 책도 추천해줄까? 아, 내 이름은 S야. 만나서 반가워."

별로 내키진 않았다. 나는 이제껏 남들이 추천해 준 책을 읽어 본 적이 없었다. S는 굵고 기다란 손가락으로 책 표지 위를 두드리고 있다. 주황색의 단단한 껍데기를 피아노 치듯이.

"좋아요."

"그럼, 우리 동아리도 들어와! 너 아직 동아리는 없지? 아마 5월부터 모집을 시작할 거야. 그전에 우리 동아리실 구경하러 와. 저녁이나 점심시간에 와도 되고, 야자시간에 몰래 도망쳐서 와도 되고. 주말 자습 시간에 몰래 도망쳐 와도 되고."

벌써 두 번이나 몰래 도망치라는 말을 했다. 나는 그러기에는 너무 소심했다. 그리고 사실, 그도 그렇기엔 너무 모범생처럼 보였다. 독서동아리라서 선생님들도 조금은 봐주시는 걸까?

"그것도 좋아요. 시간 되면 가 볼게요."

안 가본다는 뜻이었다.

4월 말이 되고, 우리가 슬슬 자리를 잡아간다고 생각하셨는지 이제 동아리 이야기가 나왔다. 동아리는 내신에 도움이 되는 동아리도 있었고, 정말 취미를 위한 동아리도 있었다. 혹은 동아리를 안 하고 그냥 동아리 시간에 자습을 해도 좋았다. 동아리 시간은 일주일에 한 번 따로 마련이 되어있었고, 그 이외 시간에도 자율적으로 활동할 수 있었다. 주말이나 점심 저녁 시간 등에 말이다. 처음 끌렸던 동아리는 밴드 동아리였다. 하지만 나는 그렇게 나서는 일은 하지 못하는 성격이다. 음악은 듣는 걸로만 만족하고 독서동아리나 들어가야 겠다고 생각했다. 자습도 나쁘지는 않았지만, 문득 그 형의 토도독거리는 손가락이 생각났다.

　동아리 방은 여기저기 퍼져있었다. 학교가 이런저런 활동을 하고, 행사를 진행하며 변화를 거치는 동안 쓸모가 없어진 교실들이 있었는데, 그런 교실들을 동아리실로 꾸며서 학생들에게 제공했다. S의 동아리 실은 급식실 건물에 있는 창고들 사이에 있었다. 소음 때문에 그런가 하고 생각했다. 정말 책을 읽기만 하는 건지, 아니면 독서토론이라도 하는 것인지는 궁금했다.

　오래된 미닫이 나무문에 손으로 두 번 노크를 했다. 이러다 부서지기라도 하는 거 아닐지 걱정됐다. 막상 두드리니 생각보다는 단단했다. 안에서 아무런 소리도 들리지 않았다. 앞에서 기다릴지 고민하다 '에라 모르겠다' 라는 심정으로 문을 열었다. 정말 곧 부서져 버릴 것 같은 소리를 내며 문이 열렸다. 안은 고요했고 황금빛 먼지들이 떠다닌다. 어둠이 나무와 벽에 반사되어 빛을 몰아내고 은은하게 퍼져있다. 창문에서 경사지게 내려오는 호박색의 노란 햇빛이 유일하게 눈에 들어왔다. 금빛 먼지는 그 속에서만 춤을 춘다. 불을 끄고 있어서 생각보다 훨씬 어두웠다.

　소파 위에 있는 사람이 눈에 들어온다. 눈을 떴다. 동그란 인상이다. 그는 초점이 흐릿한 듯, 아직 잠에서 덜 깬 듯, 나를 한참 쳐다봤다. 사방이 조용했고 움직이는 건 대낮의 별

들밖에 없다. 주변 시야가 점점 밝아진다. 이렇게 조용할 때는 어김없이 그 소리가 들렸다. 나는 그제야 주위를 힐끗 둘러봤다.

기타다. 근데 줄이 4개밖에 없다. 현대 미술 같은 건가? 마치 처음부터 줄이 4개뿐이라는 것처럼 당당하고도 자연스럽게 있다. 드럼도 있다. 납작한 피아노도 보인다. 전자 피아노인가? 다른 기타들도 보인다. 그 기타들은 아무리 화려해도 줄은 6개다.

"아, 너구나."

"네?"

"찐따 같은 머리랑, 졸려 보이는 눈, 뿔테 안경. 너 맞아. 저번에 S 본 적 있지?"

자다가 일어난 건 본인이면서 왜 나한테 시비를 거는 걸까? 그래도 S의 이름이 나오는 걸 보니. 그가 나에 대해 말했었나 보다. 그는 소파에서 일어난다. 그러자 먼지가 그의 주변에서 한 바퀴씩 빠르게 회전한다. 그는 옆에 있는 검은 뿔테안경을 집어서 썼다. 언제부터 있던 안경인지도 모르겠는 안경에는 서리같은 먼지가 잔뜩 쌓여있다.

"앞이 보이세요? 아, 아닙니다. 네. 저는 맞아요."

실수할 뻔했다. 그는 별 반응이 없이 내 쪽으로 걸어왔다.

"반가워. 나는 우리 학교 유일의 밴드동아리 샥스핀의 리더야."

그는 왠지 손을 내밀었다. 어른 흉내를 내는 것 같았지만 그가 나보다는 어른에게 가까울 것이므로 그러려니 하고 악수를 받아주었다. 그는 흐뭇하게 미소를 짓는다. 동그래서 몰랐는데 키가 그렇게 작은 편은 아니었다.

"샥스핀이 무슨 뜻인지 궁금하지?"

안 궁금했다. 날파리가 옆을 지나간다. 오 날파리.

"샥스핀이 뭔지는 알지? 상어 지느러미, 아무런 맛도 없지만 식감 때문에 최고의 진미가 되었거든. 우리도 겉으로 보기엔 아무런 재주도 없어 보이지만 음악이라는 매력으로 최고가 될 거야!"

샥스핀 요리때문에 지느러미가 잘린 후 바다에서 뒹굴고 있는 상어들이 생각났다. 정작 몸은 안 먹고 팔다리만 잘려서 먹히는 기분은 어떨까. 그렇게 버려진 채 서서히 죽어가는 기분은.

"좋은 의미네요! 근데 여기 혹시…"

"응 당연히 밴드 동아리지?"

희한한 곳에서 눈치가 빠르다. 그런데 밴드 동아리라니. 독서 동아리가 아니었다.

"S가 말 안 했어?"

직접적으로 독서 동아리라고 한 적은 없었지만, 책 이야기를 하다가 동아리를 추천 하면 당연히 독서 동아리인 게 상식 아닌가?

"음 왜 너를 말도 안 하고 데리고 왔을까. 마음에 들었나?
그럼, 베이스로 지원한 것도 아니지?"

난 빌어먹을 베이스가 뭔지도 몰랐다. 넥타이가 조금 조
이는 것 같아서 살짝 느슨하게 풀었다. 얼굴이 화끈거린다.
곧 식은땀이 나올 차례였다. 그때 문이 무너질 것 같은 소리
를 내며 열렸다. 스위치를 누르는 소리가 두 번 들렸고 연달
아서 앞과 뒤의 형광등이 모두 켜졌다. 눈이 부셔서 나도 모
르게 눈을 감아 버렸다.

"왔구나!"

S의 목소리다. 겨우 눈을 다시 뜨고 뒤돌아서 그를 봤다.
그는 미간을 찡긋하며 웃었다.

"놀랐지? 미안해. 사실 별 기대 안 했거든, 그래도 와줘서
고마워! 요즘 베이스가 잘 안 모여서. 다들 공부하기에 바쁘
잖아. 너는 책도 좋아하고, 니체도 좋아하고, 공부도 잘 안
할 것 같아서 불렀어."

그는 나를 지나쳐서 의자 쪽으로 갔다. 의자는 하나같이
팔걸이가 없었다. 그는 아빠 다리를 하고 의자 위에 앉았다.
다리가 길어도 유연해서 가능한 자세였다. 밴드 동아리를
하고는 싶었지만, 이런 식으로 일 줄은 몰랐다.

"그래도 애한테 말은 해주고 와야지. 애 표정 봐."

내 표정 가지고 말을 덧붙이는 게 별로 마음에 안 들었다.
표정이 원래 그런 거지 그렇게 기분이 나쁘지는 않았다.

"그냥 이야기하면 안 올 것 같아서 말이지."

"그러면 안 오는 게 맞지! 이건 거짓말이잖아."

"이렇게라도 와서 가입하면 되잖아? 너도 안 모여서 걱정이라고 나를 들들 볶더니, 이제 와서 발뺌하기야?"

"가입을 해야지 좋은 거지. 그래서 너 가입할 거야?"

둘 다 나를 돌아봤다. 이렇게 물어보면 내가 어떻게 아니라고 할 수 있을까. 나는 그리 저항적이지 못하다.

"우리 동아리에도 너처럼 니체 좋아하는 녀석이 있거든. 걔가 나한테 책도 추천해 준 거야. 우리 같은 애들이 읽어서 이해가 되겠냐마는."

잠시 고민했다. 독서동아리 보다 오히려 여기서 제대로 취향이 같은 사람을 만나는 것이 나을 수도 있다. 독서동아리라고 해서 갔는데 늘 비슷한 느낌의 가볍고 대중적인 책들만 읽는 것도 낭패다. 그리고 밴드 동아리도 하고 싶어 했으니 오히려 잘 된 것 같다. 그렇게 생각하니 갑자기 심장이 두근거리고 시야가 밝아졌다. 좋은 기회였다.

"할게요. 그럼."

내가 처음에 봤던 그 줄이 4개인 기타가 베이스 기타였다. 2개가 없어도 자연스러운 게 아니라, 2개가 없어서 자연스러웠다. 처음에는 S가 내게 베이스를 가르쳐 줬고, 가끔 남는 시간에 와서 연습하는 걸 봐주는 것은 M이었다. S

가 말했던 니체를 좋아한다는 게 M이었다. S는 3학년이라서 대학 입시 준비로 바빴다. 그는 이렇게 밴드 동아리를 계속하지만 공부도 상위권이었다. M의 말로는 과학 고등학교에 들어가려다가 그냥 일반고에 들어온 사례라고 한다. 남들이 다 하는 일반 고등학교의 생활도 궁금해서라고 말해줬다. 처음에는 나도 그런 S한테 관심이 갔다. 그러나 생각보다 자주 마주치지도 않았고, 너무 완벽하게 느껴져서 거리감이 들었다.

올해도 매미가 울기 시작했다.

오랜만에 만난 S와 주말의 학교를 바라보며 벤치에 앉아 아이스크림을 먹고 있었다. 매점에서 파는 아이스크림 중에 가장 좋아하는 블루베리 콘이다. 다소 가격이 있지만 그는 서슴지 않고 사주었다. 운동장에는 2학년 형들이 축구를 하고 있었다. 그때 머리 위로 비행기가 지나간다. 자주 지나가는 건 아니지만 아주 가끔 모기만 한 비행기가 지나갈 때가 있다.

"너, 비행기가 어떻게 나는지 알아?"

머리를 굴렸다. 부력이며 양력이며 음력이며 (음력은 아니었다) 머릿속에서 떠올렸다. 유선형의 비행기 날개 단면도가 떠올랐다. 위로는 저렇게, 밑으로는 이렇게 지나가서 대충 그 힘으로 비행기가 뜬다는 것이었다.

"날개 윗면이 밑면보다 공기가 빠르게 움직여서 베르누이의 원리로 인해서 압력 차 때문에 뜨는 거 아니에요?"

"그렇게 배우긴 하지. 하지만 그것뿐이라면 날개가 뒤집어진 상태로는 날지 못하겠지."

"뒤집어서 날 수 있어요?"

"응. 비행기는 날개가 뒤집어진 상태로도 잘 날아. 애초에 라이트 형제의 비행기는 날개가 평평하잖아?"

"그럼, 왜 뜨는 거예요? 원리가 뭐에요?"

"몰라. 그건 밀레니엄 문제야. 풀면 100만 달러를 받는다고. 그런데도 비행기는 잘만 날아다니지?"

"그래도 되는 거예요?"

"안될 게 뭐 있어."

그는 하늘에서 시선을 떼고 시끄럽게 움직이는 사람들을 바라봤다. 나무들은 초록이 마음에 드는지 바람에 따라 춤을 춘다. 나무는 갈색이라기보다는 베이지 색이라서 껍질이 다 벗겨진 것처럼 보인다. 그 뒤에 있는 체육관 건물과 색이 비슷하다. 옆 학교에서 소리치는 소리도 들린다. 바람은 어느새 우리의 머리까지 건드린다. 여름이 왔지만 바람은 아직 시원하다. 반바지 아래로 보이는 그의 다리는 평소보다 더 검다.

"너는 꿈이 있어?"

"꿈이요? 아뇨. 아직 딱히 생각 없어요. 형은요?"

무언가를 말하고 싶어 하는 사람은 늘 먼저 관련된 질문을 던진다. 그러면 상대방의 대답이 어떻든 간에 덧붙여서 본인이 하고 싶은 말을 꺼낸다. 자기와 같은 의견이라면 공감하면서, 자기와 다른 의견이라면 반박하면서. 이럴 때는 속수무책으로 당할 수밖에 없다.

"그래? 사실 이렇게 말하는 나도 잘 모르겠어. 처음에는 베이스 치는 게 좋았어. 이제는 다른 세션들도 다룰 줄 알아서 조율도 제법 능숙하게 하기 시작했고, 작곡도 해보고 싶어. 하지만 부모님 말씀처럼 내 모든 것을 걸 만큼 그걸 좋아하는지는 모르겠어. 부모님은 내가 진짜 인생을 걸 만큼 원하는 게 있다면 뭐든 지원해 준다고 하셔. 하지만 또 그 정도는 아니란 말이지."

잠시 멈췄다가 나의 반응을 살피고 다시 말을 이어갔다.

"꼭 그 정도의 각오가 있어야지만 살아갈 수 있는 걸까? 계속 나한테 후회 안 할 거냐고 물어보시고, 그게 진정으로 내가 원하는 게 맞냐고 물어보지만, 진정으로 원하는 걸 모르더라도 살아갈 수 있지 않을까? 아무리 바람이 바뀌고, 방향이 바뀌어도 날아갈 수 있지 않을까? 우리는 명확한 논리가 없어도 살아갈 수 있지 않을까? 나는 그저 평범한 행복을 바랄 뿐인데."

나는 아무 말도 하지 못했다.

"미안하다. 내가 괜한 말을 했네. 아직 어린데 이런 마음

잘 모르겠지. 우리 부모님이 나쁘신 분들은 아니야. 나를 위해서 그러는 건데 가끔 어긋날 뿐인 거지. 부모님은 내가 위대한 사람이 되길 바라시지만, 내가 생각한 위대함은 평범함인걸."

"대충은 알것 같아요. 다만 어떻게 말해야 할지 모르겠어요."

"아니야. 그 정도로 말해준 것만으로도 고마워. 들어가자. 베이스마저 쳐야지. 이제 M도 왔겠다."

비행기가 지나간 뒤로 구름이 남았다. 푸른 하늘을 가르는 하얀 구름.

18.

베이스 연습은 혼자 해야 한다. 하지만 자율 시간이 부족하므로 집에서 밤늦게 연습하거나, 동아리 시간에 사람들이 다 있을 때 연습했다. 기본적인 것만 가르쳐 주면 그 이후에는 내가 알아서 해야 했다. 그럴 때 선배들은 본인 곡 연습을 하시거나, 내가 연습하는 데 와서 말동무가 돼주셨다. 어쩌면 같은 반 친구들보다 그분들과 더 친해져 있었다. 특히 같은 세션이라면 계속 마주쳐서 친해질 수밖에 없었다.

12월에는 학예제 말고도 동아리만의 공연을 한다. 3학년들이 책임지고 공연을 끌어 나가며, 2학년은 가장 많은 곡을 연주한다. 1학년인 우리는 한 두 곡 정도만 연주해도 괜찮다. 그마저도 쉬운 곡으로 연습했다. 그럼에도 아직 연습하는 것이 익숙하지 않은 우리가 주로 동아리 시간에 연습했고, 선배들은 각자 연습해 오시거나 조금씩만 이 시간을 활용했다. 연습이 충분히 된 뒤에는 다 같이 합주를 시작했다. 그러면 합주에 참여하지 않는 사람들이 합주에 문제점들을 듣고 지적해 줬다.

동아리에 가입한 지 3개월 정도 지났을 때였다. 동아리실은 사람으로 가득 차 있었다. 나처럼 새로 들어온 학생은 각 세션당 한두 명 정도밖에 되지 않았다. 그나마 기타, 보컬이 많았고, 그다음은 어릴 때 피아노 좀 쳤다고 생각해서 들어온 키보드, 혹은 신디. 그리고 드럼과 마지막으로 나 혼자 있는 베이스까지. 담당하는 사람이 적기에 한 사람이 소화해야 하는 곡 수는 적지 않았다.

옆에서 누군가에게 문자를 보내고 있던 M이 폰을 내려놓고 말했다.

"재밌어?"

난 Creep을 치고 있었다. Creep은 대중적이면서도 반복되는 선율과 느린 박자를 가지고 있어서 나에게 안성맞춤이었다. 반복되는 것은 지루하여 집중이 깨지기 쉽지만, 단순하여 처음 배우기 좋다.

"뭐가요?"

"그거, 베이스 치는 거."

"형은요?"

"너는 꼭 질문에 질문으로 답하더라?"

"아니욬ㅋㅋㅋ, 형도 베이스 치시면서 꼭 아닌 거처럼 말해서 그랬어요. 베이스 치는 거 재밌죠. 근데 또 막 엄청 재밌는 건 아니고."

"취미정도?"

M은 나무 젓가락으로 알새우칩을 입에 집어넣으며 말했다. 그래도 드럼이 없어서 소리가 잘 들렸다. 드럼 세션을 맡은 여자아이는 기본기가 중요하다며 선배와 함께 밖으로 나가서 타이어를 치고 있었다. 드럼 선배는 밴드부 부장이어서 남들보다 훨씬 열심히 가르치는 경향이 있었다. 다들 자기한테만 소리가 들릴 정도로 소리를 줄여놔서 베이스 소리가 들리는 거지, 안 그러면 동아리실이 소리로 가득 차서 베이스 소리 따위는 들리지도 않을 것이다. M은 말을 이어갔다.

"하긴 누가 시키는 것도 아니고 베이스 치는 게 좋으니까 치는 거겠지."

"형은 폰하는 거 재밌어요?"

"아니, 사실 나도 너랑 비슷해. 그렇게 막 좋은 건 아니고, 입이 심심한데 마침 옆에 알 새우 칩이 있는 느낌?"

그가 내 입으로 알 새우 칩 하나를 넣어줬다. 나도 모르게 박자를 맞춰서 칩을 씹는다. 높은 소리를 내며 부서지는 칩은 낮은 소리의 베이스와 제법 잘 어울렸다.

"오 맞아요. 저도 딱 그 느낌이에요. 그런데 휴대폰 제출 안 해도 돼요?"

나는 심심하던 차에 잘됐다 싶어서 대화를 이어 나가려고 했다. 이상하게 그의 옆에 있으면 말이 편하게 나왔다.

"휴대폰? 뭐 이거 안 낸다고 누구 죽는 것도 아니고."

"그래도 학교에서 내라고 하잖아요?"

"학교에서 죽으라고 하면 죽을 거야?"

"에이. 그거랑은 정도가 다르죠. 어느 정도 선이라는 게 있잖아요?"

"그치, 그런데 그 선은 사람마다 다르지?"

"그래도 학교에서 시키는 건데 당연히…"

"당연한 건 없어."

"당연한 건 없죠, 당연히. 그래도 휴대전화를 안 내는 건 이유가 있어요. 그거 때문에 학생들이 공부에 집중을 못 한다는 이유."

"나는 휴대폰 없어도 어차피 공부 안 해. 그럼 안 내도 되지?"

"그런데 다른 학생들이 영향을 받잖아요. 실제로 공부에 영향을 받는 학생들마저도 휴대폰을 안내는 분위기에 휩쓸리면 어떡해요? 한 명을 봐주게 되면 전체가 흔들려요."

그도 재밌겠다 싶었는지 휴대폰을 내려놓고 내 쪽으로 몸을 틀었다. 눈이 반짝 거린다. 다른 학생들은 자기 할 일에 집중하고 있어서 신경을 전혀 쓰지 않았다.

"타인을 위해서 나의 자유를 포기하라는 거야? 실제로 흔들릴지도 안 흔들릴지도 모르잖아? 세상에 백 퍼센트는 없어."

"그래도 흔들릴 확률을 줄일 수는 있잖아요."

"불확실한 타인의 이득을 위해서 나의 확실한 자유를 포기해?"

"어느 정도 선이라는 게 있죠. 타인에게 위해를 가하는 자유를 인정해 줘도 괜찮다고 생각하세요?"

"타인에게 위해를 가하지 않는 자유가 있을까?"

"노래를 부르는 자유는?"

"시끄럽지."

"먹고 싶은 음식을 먹는 자유는?"

"다른 생명을 죽이고 얻은 시체를 먹는 거지."

"그러면 채식주의는?"

"식물도 스트레스를 받으면 초음파를 낸대. 표정이 없고 소리를 못 듣는다고 식물을 마음대로 먹는 건 결국, 우리와 비슷한 생명만 취급하는 거지. 애초에 고통이라는 것도 인간의 기준이잖아. 어쩌면 지금 세상은 식물의 울음소리로 가득 찼을지도 몰라."

"그러면 아무것도 못 하잖아요."

"내가 언제 하지 말라고 그랬어? 그런 거에 휘둘리지 말고 그냥 순간순간 네가 생각하고 하고 싶은 대로 행동해. 고정된 선에 얽매이지 마."

"그래도 선이 있어야 살아갈 수 있잖아요. 오히려 자유를 보장하려면 통제가 있어야 해요. 사회적 약속이나, 하다못해 자신만의 기준이라도요."

"선이 없다고 붕괴할 삶이 진정한 삶일까? 통제되는 자유가 진정한 자유일까? 선에 맞춰서 억제당한다면 삶은 감소하는 것 아닐까?"

"그걸 감수하고도 살아가고 싶을 수 있잖아요. 삶이란 아무리 마음이 꺾여도 어떻게든 계속하고 싶은 거예요. 한 번쯤은 뜻을 굽히더라도 죽는 것보다는 낫잖아요."

"누군가에게는 한 번이지만, 다른 누군가에게는 평생의 과업이 되겠지. 사회의 기준은 결국 다수를 위한 것이고, 다수와 유독 다른 사람은 분명 존재하니까. 그 사람은 평생 스스로를 숨기고 살아야 할 거야. 휩쓸리며 괴로워하겠지. 자신만의 기준이라도, 사람은 끝없이 변하니 결국은 억제제가 될 뿐이야."

"그럼에도 살고 싶을 수도 있죠. 모든 사람이 끝없는 차이를 받아들일 만큼 강하지는 않아요. 그나저나, 지금 형한테 휴대폰이 그 정도라는 거예요?"

"아니, 그건 아니지. 근데 내 휴대폰이 사회의 붕괴 정도
도 아니잖아?"

"그것도 그렇죠."

어느새 베이스 소리가 멈췄다. 그의 눈에 비친 나를 본다.
인간의 눈은 신체에서 유일하게 언제나 반짝이는 부분이다.
배에서 꼬르륵 소리가 난다. 우리는 둘 다 웃음이 터졌다. 그
러다 그는 갑자기 정색했다.

"지한아 그래도 베이스는 쳐야지"

그러고는 다시 웃으며 알새우칩을 입에 털어 넣었다. 그
럼에도 그의 몸과 입 주변에는 어떤 부스러기도 묻어있지
않았다. 나뭇잎이 유선형을 그리며 떨어지다 거미줄에 걸린
다.

"알겠어요. 생각한다고 그랬어요."

"생각 때문에 행동을 멈춰서는 안돼. 그나저나… 나랑 시
체 먹으러 갈래?"

"차암나 됐어요. 야자 해야 돼요."

"소 시체도 있고, 돼지 시체도 있는데? 야자째고 가자.
응? 너 공부도 잘 안 하잖아. 내가 사줄게."

"그 시체 시체 시체타령 좀 그만해요. 나까지 부끄럽네.
니체 좋아하시더니, 시체도 좋아하시고. 원래 그런 걸 좋아
하시나."

"신체도 좋아하고 나체도 좋아하는데? 왜, 어디까지 가 볼까?"

그는 내게 다가오며 어깨동무를 했다.

"아잇 진짜! 알겠어요! 알겠어. 가요 가! 밥 먹어요. 밥!"

"그러지, 뭐. 그러지."

그는 나를 따라서 괜히 같은 말을 반복했다. 어째서인지 기분이 좋아 보였다. 나도 오랜만에 실컷 대화를 한 기분이 들었다. 야간 자율 학습을 몰래 도망쳐 나와 그와 서면 길거리를 돌아다녔다. 서면의 밤은 지나치게 밝아서 별도 달도 잘 보이지 않는다. 여기저기 쓰레기가 꽃처럼 피어나고 사람들은 끝없이 거리를 휘저으며 골목의 형태를 조금씩 바꾼다. 그의 눈에는 별처럼 네온사인 불빛이 비쳤다. 인파에 치였지만 답답하기보다는 자유로웠다.

19.

3학년들의 수능이 끝나고 동아리 공연도 무사히 끝났다. 나는 두 곡을 했는데, 그마저도 쉬운 곡이라서 그렇게 어렵지는 않았다. Radio head의 Creep과 델리 스파이스의 고백을 연주했다. 모두가 아는 곡이라 따라 불렀고, 단순하고 빠르기도 적당한 곡이라 분위기도 좋았다. 그리고 2학년들의 노래들이 이어졌고, 마지막으로 수능이 끝난 3학년들의 어려운 곡들로 마무리가 되었다. 3학년의 곡들은 유명하지는 않았지만 누가 들어도 어려운 곡이라서 반응이 좋았다.

　나는 그런 노래의 이름들을 잘 기억하지 못한다. 밴드를 좋아하기는 했지만, 그들만큼 깊게 알지 못했다. 그저 유명한 Red Hot Chili Peppers 나 쏜애플 정도만 알지. 나는 그런 밴드 음악 이야기를 할때면 깊어져 가는 분위기에 맥을 못 추고 고개만 끄덕거리곤 했다.

　공연이 끝나고 방학이 찾아왔지만 고등학생은 학교를 나간다. 고등학생에게 방학이란 자율학습 시간으로 모든 일과를 꽉 채운 일상의 반복일 뿐이다. 창밖을 바라봤다. 한없이 걷고만 싶었다. 쉬는 시간이 되어도 할 일 없이 밖을 바라보며 시간을 보냈다. 그러면 교실의 소리가 오히려 멀리서 들리는 것 같았고, 내가 저 밖의 어딘가에서 교실의 소리를 듣는 것만 같았다. 귀에서 들리는 얇은 소리는 점점 커지며 나에게 다가온다. 아이들의 소리와 바통을 터치했다. 교실 문이 큰 소리를 내며 닫혔다. 교실의 문은 수시로 열고 닫히지만 창문만은 굳게 닫혀있다. 바람이 찼다.

　"저기."

　우리 반 여자애가 멀뚱거리며 서 있었다. 안경을 쓰고 머리는 단발이다. 학교 여학생의 70퍼센트는 그렇게 생겼다. 거기서 체격이 조금씩 다를 뿐.

남녀공학 고등학교로 올라온 지 1년이 다 되어 가지만, 여학생과는 대화를 나눠 본 적이 없어서 괜히 긴장됐다. 여자는 남자와 다르다고 했다. 한 번도 깊게 관심을 가져본 적이 없어서 무엇이 다른지는 잘 몰랐다. 남자와도 말을 잘 못하는데 여자애와 말을 잘하기란 불가능하다고 생각했다.

　"응? 나? 왜?"

　"저번에 공연에서 베이스 쳤던 1학년이 너 맞지?"

　"응 그런데?"

　"얘가 너한테 관심 있대!"

　잘 보니 뒤에 누가 있다. 마르고, 큰 눈으로 부끄러워했다. 그 한마디 공기에 흐름이 달라졌다는 것이 느껴졌다. 시선들이 이곳으로 모이고 있다. 나는 기운이라는 것을 믿지 않지만, 이따금 이렇게 그 헛것이 느껴질 때가 있다. 사춘기의 아이들은 이런 이야기에 지나칠 정도로 큰 관심을 가진다. 아마 향을 피웠다면 연기마저 우리 쪽으로 흘렀을 것이다. 그러고는 화자의 입을 지나 나의 얼굴을 훑은 뒤 숨어있는 그녀의 얼굴을 훑고, 사람들의 눈과 귀와 입 사이를 맴돌겠지.

　그녀는 그렇게 말하고는 대뜸 전화번호를 주고 사라졌다. 군중 속으로 숨어버렸다. 연기는 내 곁에서만 계속 맴돌았다. 그녀의 수줍은 친구도 사라졌다. 내 손에는 전화번호와 이름만이 남았다. 나는 손을 펼쳐 이름과 얼굴을 하나로 잇는다. H, 마르고 눈이 큼.

H와 연락을 이어갔다. 어쩌면 내가 그녀에게 호감을 느꼈던 건지도 모르겠다. 그렇게 말하는 사람들이 있다. 어릴 때는 원래 자신의 성 정체성에 대해서 혼란이 올 수 있다고, 동경의 감정을 사랑으로 착각한다고. 나도 어쩌면 그럴지 모른다고 생각했다. 부도덕한 희망을 느꼈다. 가끔 느껴서는 안 될 희망을 느끼고는 한다.

그녀와 연락을 이어가는 것은 재밌었다. 누군가와 그렇게 길게, 자주 연락을 한 것은 처음이었다. 그녀는 첫인상과는 달리 제법 대범했다. 문장은 간결하지만 강렬했고, 그녀와 대화하고 있으면 내가 평범한 사람이 된 것 같았다. 보통 그녀가 나한테 질문했다.

"너 악틱 몽키즈라고 알아?"

"아니? 뭔데 그게?"

"와 너 밴드부면서 그것도 모르면 어떡해? 심한데?"

"나 그 정도는 아니라서⋯베이스도 처음엔 그냥 잘못 만든 기타인 줄 알았어."

"ㅋㅋㅋㅋㅋㅋㅋㅋㅋ그런데 베이스를 선택한 거야? 특이하넼ㅋㅋㅋㅋㅋ."

그녀가 왜 웃는지 도대체 이해할 수 없었다. 내가 이해 가능한 타이밍에 웃었다면 내가 웃긴 사람이겠거니 했지만,

이해가 불가능한 타이밍에 웃으니 원래 웃음이 많은 사람이라는 생각이 들었다.

깊게 파고드는 곳은 달랐지만 전반적으로 퍼져있는 취향은 비슷해서 이야기도 나름 잘 통했다. 그녀가 말하면 내가 들어줬고, 내가 말하면 그녀가 들어줬다. 집 가는 방향이 비슷해서 등하교도 같이하게 되었다. 매일 혼자 가던 길이 더 이상 혼자가 아니게 되었다.

그녀가 반응을 잘 해줘서 나는 더 당당하고 활기차게 말을 할 수 있었다. 그런 모습을 본 반의 학우들도 나에게 다가왔다. 한번 말문이 트니 계속 대화는 이어졌고, 그녀는 내가 말을 할 수 있도록 나를 충전시켰다. 계속 내가 말을 할 수 있도록 물장구를 쳐줬다. 덕분에 친구들이 생겼고 반에 어울릴 수 있게 되었다. 나는 그녀가 필요했다. 나는 더 이상 겉돌지 않았다. 그녀와 나는 절친한 친구가 되었고, 그로 인해 오해도 생겼다.

"네 여자 친구 예쁘던데. 우리도 여자 소개 좀 해줘."

"여자 친구?"

"응 H 말이야. 너희 사귀잖아."

"내가 사귄다고 말한 적 있었나?"

"너희 맨날 붙어 다니고, 장난도 맨날 치잖아. 사귀는 거 아니야?"

대답을 못 하고 쉬는 시간이 끝났다. 그쯤부터 우리는 주말이면 같이 영화도 보고, 카페를 가서 공부도 같이했다. 그러면 당연히 점심이며 저녁이며 같이 먹고 헤어졌다. 하루종일 연락했고 가끔은 전화도 했다. 그 일련의 과정들은 재밌었다. 또한 남들과 같다는 것이 느껴졌다. 남들처럼 약속을 잡고, 남들처럼 놀았다. 그게 다였다. 이제 나도 무리로 들어왔다. 같은 방향으로 헤엄친다.

그러나 그것이 그녀를 사랑하는 건지에 대한 의문이 들었다. 친구와 다른 건 뭘까? 다들 서로 약속을 잡고 놀지 않나? 그렇다면 그들은 모두 사귀는 건가? 그건 아니었다. 내가 그녀를 가지고 노는 건가? 아직 아무 일도 일어나지 않았다. 앞으로 조심하면 되는 거였다. 하지만 나는 어떻게, 또 어디까지 행동해야 하는 건지 몰랐다. 내 눈에는 남들의 친구 관계와 나와 그녀의 관계가 그리 달라 보이지 않았다. 단지 단둘이라는 것이 문제였다. '그렇다면, 그녀에게 말을 하자.'

그날 하굣길, 이번에도 우리는 자연스럽게 같이 집으로 갔다. 어두운 길로 학생들이 쏟아져 내린다. 홍수라도 난 것 같았다. 하루 종일 붙어 있었으면서 마지막 순간까지도 모여서 집으로 돌아갔다. 내 옆에는 그녀가 있었다. 그녀는 오늘 있었던 일들을 쏟아냈다. 그러면 나는 반응을 해주며 내가 할 말을 곱씹었다. 그녀는 내가 다른 생각을 하고 있다는 것에 별로 주의를 기울이지 않았다. 대화의 흐름에 휩쓸려 버리지 않으려 노력해서 지켜낸 말을 겨우 꺼냈다.

"저기. H."

"왜? 주말에 하고 싶은 거 있어?"

"너는 다른 친구들은 없어? 아, 네가 아싸라고 의심하는 게 아니라. 혹시 네 친구들이랑 같이 놀면 어떨까 해서."

그다음 말은 예상치 못했다.

"내 친구들을 소개해 줬으면 좋겠는 거지? 그러면 우리 관계부터 정리하는 게 좋을 것 같은데?"

"아니, 내 말은 너랑 친구로 지내고 싶다고."

"그건 힘들 것 같아. 지한아. 왜냐하면… 내가 너를 좋아하거든. 나랑 사귀거나, 아니면 그냥 여기까지 하자. 우리 좋았잖아? 같이 다니고, 취향도 맞았고, 말도 잘 통했잖아? 그러면 된 거 아니야? 한 번 잘 생각해봐."

"알겠어. 고민해 볼게."

친구가 되기 위해서 다른 친구들과 같이 만나려고 했던 건데, 친구들을 만나려면 친구 이상이 돼야 했었다. 혹은 여기서 그만두던가. 나에게는 그녀와 친구가 될 기회는 애초에 없었다.

돌아온 집은 비어 있었다. 휴대폰을 확인해 보니 어머니에게 문자가 와 있었다. 할머니와 같이 주무신다고 한다. 할머니는 섬망 증상이 심해지셔서 밤이면 계속 자식들을 찾으러 탈출하려고 하셨다. 매일 아침저녁으로 보지만 그녀에게 그 기억은 사라지고 당장 옆에 없다는 사실만이 남았다.

새벽같이 부모님은 돌아와서 출근 준비를 할 것이다. 집은 어둡고 고요했다. 높고 작은 소리가 커진다. 어둠이 갈라지는 것이 보인다. 어항이 보였다. 한동안 끝도 없이 늘어나던 어항은 할머니께서 편찮으신 다음부터는 더 이상 늘어나지 않았다. 어항 뒤로 창이 보였다. 도시의 빛이 밝아 하늘의 별은 보이지 않는다. 자동차는 별똥별처럼 꿈을 위해 흐른다. 어둠에 익숙해져서 사물의 윤곽들이 잘 보였다. 다시 지친 몸을 이끌고 방으로 들어와 가방을 내려놓은 뒤, 교복을 입은 그대로 침대에 누웠다. 일어나야 하지만 힘이 없었다.

'어쩌면 나는 H를 사랑하는 걸지도 몰라. 함께 있으면 즐겁고 행복한 것이 사랑이라면, 이건 사랑일 거야. 설령 그것을 다른 감정과 명확하게 구분 짓지 못한다고 하더라도. 나도 이제 이루어질 수 없는 사랑을 하는 것에 지쳤어. 이성을 사랑할 거야. 사랑하려면 사랑할 수 있어. 남들처럼 사랑할 수 있어. 남들처럼 살아갈 수 있어.'

밤이면 잘 자라고 울리던 H의 전화가 울리지 않는다. 잘 자라는 부모님의 목소리도, 조부모님의 목소리도 들리지 않았다. 깊은 고요의 소리만이 울렸다.

'내일, H에게 사귀자고 말해야겠다.'

20.

"사귀자."

말은 세상을 표현하는 도구이기도 하지만, 사실 그 무엇
보다 세상을 많이 바꾸는 도구이기도 하다. 저 말 이후 그녀
의 말투가 바뀌었다. 우리의 대화는 이전과 미묘하게 달라
졌다. 재미는 없어지고 따스함은 강해졌다. 그녀는 장난이
줄어들고 애정 표현이 커졌다. 마치 애인이라는 역할놀이를
하는 것 같았다.

그녀는 예쁘다는 말, 귀엽다는 말, 사랑한다는 말을 들을
때면 몇 번이고 되뇌었다. 친구들에게, 심지어 남자인 친구
들에게도 수도 없이 들었던 그 말을. 내가 하면 다른 의미가
생기는 것처럼 기뻐했다.

"정말? 나 사랑해? 나 예뻐? 히히 지한이가 나 예쁘대."

이런 말을 하루 종일 되뇌었다. 그럴 때면 나도 기뻤지만,
한편으론 심장이 한층 더 무거워졌다. 우리는 변함없이 대
화를 나눴다. 계속해서 만났고 여전하게 놀았다. 어쩌면 누
군가를 사랑하지 않으면서도 그와 사귀는 것은 그리 큰 잘
못이 아닐지도 모른다. 어쩌면 누군가를 사랑하지 않으면서
사랑한다고 거짓말을 하는 것은 그리 큰 문제가 아닐지도
모른다. 어쩌면 누군가를 사랑한다는 것은 특별한 것이 아
닐지도 모른다. 어쩌면 나는 그녀를 사랑할지도 모른다. 나
는 남들의 생각을 모른다. 어쩌면 남들도 다 이렇게 시작하

는 것 아닐까?

　나는 그녀를 기다리는 일이 잦았다. 그녀의 지각은 단순히 개인의 부덕이 아닌, 어쩔 수 없는 상황들로 인한 것이라 봐 줄 수밖에 없었다. 나는 약속을 중요하게 생각하지는 않았지만 상대를 위해 일찍 나오는 타입이었고, 그녀는 약속을 중요하게 생각하지만 사랑하는 사람을 한시라도 일찍 보기 위하여 약속을 빡빡하게 잡는 타입이었다. 둘의 시너지로 30분을 기다리는 것은 당연한 일이 되었다.

　그녀는 기념일을 중요시했다. 챙기지 않아도 괜찮다고 말했지만, 친구들이 받은 기념일 선물에 대해서 언급했고, 혹여라도 선물을 받게 되면 그것을 SNS에 박제시켰다. 박제가 되어버린 선물을 아는가? 그것은 한순간에, 존재에서 상징이 되어버린다. 현상에서 증명이 되어버린다. 선물하지 않을 수 없었다. 사랑은 느끼는 것이지 증명하는 것이 아니다. 그러나 그것이 사회적으로 정립되려면 증명을 요구한다. 논리 속에서 정성의 크기는 돈과 시간에 비례한다. 마음이 담긴 편지를 좋아한다고 했다. 그러나 그녀가 바라는 연애편지에는 정립된 양식이 있었다. 나는 그 모든 것들을, 그녀가 원하는 건 정말 뭐든지 했다.

　부모님은 자주 집을 비우고 할머니 댁에 가 있으셨다. 난 태어날 때부터 할머니의 손에 컸지만 그녀를 잘 찾아뵙지 않았다. 죄책감은 당연히 들었지만 누구도 나를 탓하지 않았다. 한창 공부를 할 나이고, 친구들과 놀 나이였다. 부모님은 이런 나를 보며 오히려 좋아하셨다. 평소에 친구가 없던 내가 친구와 자주 밖으로 놀러 다니니 말이다. 그들은 내심 내가 도태되어 버릴까봐 걱정하셨다. 제일 친한 친구는 누군지, 요즘은 누구와 자주 놀고, 오늘은 누구와 어떤 대화를 했는지 궁금해하셨다. 이전에는 최선을 다해 거짓말을 지어내거나 대화를 돌렸지만, 요즘 들어서는 H와 있었던 일, 밴드에서 있었던 일을 말한다. 그러면 진심으로 기뻐하신다.

크리스마스도 H와 보냈다. 그들은 기뻐함과 동시에 서운해했다. 그래도 새해 첫날은 할머니 할아버지와 다 함께 보냈다. 할머니는 어리둥절한 표정으로 앉아계시면서 가끔 정신이 들고 끝없이 떠들었다. 다들 좋아하는 회를 시켜 먹었다. 그 당시 나는 회를 먹지 않아서 딸려 온 새우튀김만 먹었다. 다른 어른들은 할머니를 챙기느라 정신이 없으셨고, 할머니도 회는 드시지 않았다. 예전 같았으면 그녀가 나를 보며 좀 먹으라고 타박했겠지만 더 이상 그럴 일은 없었다.

연애 기간이 길어질수록 우리가 만나는 시간은 줄어들었다. 그러나 그만큼 더욱 편해졌고 스킨십은 늘어났다. 남들이 보기에는 다소 느리다고 할 수도 있지만, 우리는 사귀고 5개월 만에 첫 키스를 했다. 자연스럽게 손을 잡고 다녔고 입맞춤을 나눴다. 그리 거북하지 않았다. 그리 좋지도 않았다. 좋은 점이 한 가지 있었다면 그녀의 사랑이 느껴졌다. 가끔은 다소 부담스러웠으나, 사랑받는다는 감각은 언제나 좋았다. 그녀와 나의 SNS는 서로의 사진으로 가득 차 있었다. 그녀에겐 사랑의 증표였고 나에겐 보통성의 증명이었다.

다시 개구리들이 잠에서 깨어나도 별다른 일은 없었다. 여느 때와 같이 등교했고 무리에 섞였다. 이전에는 꺼려지던 SNS 친구도 손쉽게 맺었고, 대화도 거리낌 없이 이어 나갔다. 그녀가 이미 나에 대한 이야기를 어느 정도 해 놓아서 그들의 머리에는 어떤 상이 맺혀있었다. 나는 그 상에 맞춰서 지느러미를 잘 흔들기만 하면 됐다. 그러면 그 물결을 타고 무리에서 튀지 않게 안착할 수 있었다. 대화의 주제는 이성에 관한 것, 혹은 유행하는 옷, 그 당시 유행하는 연예계에 관한 소식들이었다. 나는 이전부터 인터넷 커뮤니티를 많이 해서 이에 대해 잘 알고 있었다. 어색함 없이 연기할 수 있었고, 반응을 보일 수 있었다.

고등학교 2학년이 되어도 아이들의 모습은 크게 달라지지 않았다. 누군가는 인생이 계단과 같아서 한순간에 변한다고 하지만, 그것은 그저 서서히 올라간 것을 한순간에 알아차린 것일 뿐이지 드라마틱하게 변하는 인간이란 일절 변하지 않는 인간과 수가 같다. 존재하지 않는다. 자연은 도약하지 않는다. 아이들은 여전히 유행에 관해 이야기했고 이슈에 관해서 이야기했다. 인터넷상과 흐름은 비슷하였지만 달랐던 점은 반응의 '정도'였다. 스스럼없이 성적인 농담을 해댔지만 그 정도가 옅었고, 거침없이 차별적인 발언을 했지만 그 정도가 얕았다. 각자의 논리를 써가며 편협한 사고를 진행했지만 그 정도가 얇았다. 그들은 무의식적으로 자신의 집단을 옹호했고, 의식적으로 유쾌하게 말하며 그것을 무마했다. 그곳을 떠도는 남성성은 강인함과 무식함이었고, 여성성은 연약함과 섬세함이었다. 남자아이들에게 게이는 욕이었지만, 여자아이들은 자신이 좋아하는 연예인을 게이로 변환시킨 소설들을 돌려 읽곤 했다. 남자아이들은 노출이 많은 여자 연예인을 성희롱했고, 여자아이들은 노출이 많은 여자 연예인을 모욕했다. 나는 대화를 이어 나가기 위해 노력했다. 더 이상 혼자 남기 싫었다. 그곳은 고요했다.

동아리실에 가면 그래도 한층 마음이 놓였다. 먼지 말고는 신경 쓸 것이 없었다. 문을 여니 이번에도 먼저 와서 나를 기다리는 M이 보였다. 그는 이제 3학년이지만 여전히 공부하는 모습은 본 적이 없다. 그와 눈이 마주쳤다. 그는 눈이 반달이 되며 웃는다. 있는 힘껏 헤엄치던 나의 지느러미가 멈추는 것을 느꼈다.

"왔어?"

"형 뭐해요?"

"네 생각."

"차암나. 쓸데없는 소리 말고, 오랜만에 보는데 잘 지냈어요?"

"뭐 잘 지낼 게 뭐 있겠어. 아 S 소식 들었어?"

나는 그의 옆에 앉는다. 오래된 소파에 앉으니 먼지가 역류한다. 금색 가루들이 흩날린다. 빛을 부수는 가루들.

"아뇨? 저 따로 연락 안 하는데요?"

"아 모르는구나? 그 형 그래도 좋은 대학 갔다던데? 하여튼 맨날 우리랑 놀아서 망할 줄 알았는데, 될놈될이라니까."

"맨날 와서 단어 외웠잖아요."

"그랬나?"

그는 자연스럽게 베이스를 든다. 붉은 베이스는 홈집이 잔뜩 나 있다.

"연습은 방학 동안 좀 했어? 요즘 데이트하느라 정신이 없지?"

"앗 뭐 그런 셈이죠."

"이번 주말에 뭐 해? 데이트를 맨날 하는 건 아닐 거 아니야. 같이 영화 보러 갈래?"

"무슨 영화요?"

"불한당이라고 한국 누아르 영화야. 같이 보러 가기로 한 친구랑 일이 좀 있어서. 아니면 나 혼자라도 보러 가고. 어때?"

"좋아요. 토 일 중에 언제예요?"

"일요일."

H와의 약속은 불규칙적이었고, 산재 되어있는 안개처럼 주말에 언제쯤으로 퍼져 있었으므로 아직 확정되어 있지 않았다. 누군가 먼저 날짜를 말하면 그제야 결정된다. 일요일에 M과의 약속을 넣으면 H와의 약속은 당연히 토요일로 확정되는 것이다. 물론 H가 먼저 일요일에 보자고 말했었다면, M과는 토요일에 보게 되고 말이다. 정확히 언제인지는 그리 중요하지 않게 되었다. 이런 슈뢰딩거의 약속은 너그러움의 한 형태인지, 권태의 징조인지는 확실하지 않았다. 다만 SNS에서는, 사회적으로는, 우리의 사랑은 여전히 건재했다.

21.

시간은 느리면서도 빠르다. 하루는 너무나 느리지만, 지나 보면 일주일은 금방 지나갔다. 토요일이 되었다. 누군가와 연락하고 있는 H가 보였다. 약속에 늦은 그녀가 불편해할까 봐 나도 이제 막 도착한 척을 하며 그녀뒤에서 말을 걸었다.

"저기요. 남자친구 있으세요?"

"아 깜짝이야."

그녀는 또 실없이 웃는다.

"뭐야 언제 왔어!"

그녀는 마저 답장하고 나에게 안기며 호기롭게 말을 이어 갔다.

"오늘 우리 룸카페 갈래? 거기 과자도 무제한이고, 시간도 무제한이래! 가서 영화나 드라마 같은 거 보자!"

학생인 우리에게 그런 곳은 흔치 않았다. 언제까지고 같이 있으면서 배를 채울 수 있었다. 방 안의 공기가 흐르지 않아서 숨이 막혀왔지만 매일 책상에 갇혀있던 학생들에게는 그정도의 속박은 별 것 아니었다. 생각의 자유를 빼앗긴다는 점이 나에게는 힘들었지만 그녀를 위해 참을 수 있었다.

그녀는 자연스럽게 담요를 펼쳐서 무릎을 덮었다. 역시 먼지가 방안을 가득 채운다. 정확히 말하면 먼지의 움직임이 방안을 가득 채운다. 그녀는 평소 보고 싶었던 영화를 틀었다. 나는 한참을 고민하는데, 그런 결단력은 늘 신선하다. 그 영화는 가벼우면서도 은밀한 끈적임이 존재하며, 사람의 마음을 서서히 끌어당겼다. 결국 클라이맥스에 가서는 이별하고, 마지막에는 해탈한 듯하면서도 아쉬움이 남는 웃음을 띠며 어른이 됐다고 느끼게 한다.

그러나 우리는 끝까지 보지 못했다. 영화를 보던 도중, 얇은 손을 내 어깨에 올렸다. 그녀를 돌아봤다. 다가온다. 입을 맞추고 어깨에 올린 손을 온몸으로 퍼뜨렸다. 먹이를 잡아먹는 액체 괴물처럼 온몸을 그녀의 촉감으로 뒤집어 쌌다. 나는 눈을 감는다. 때가 왔다. 수음을 할 때를 떠올렸다. 영상에서 본 남성들을 떠올렸다. 그녀의 손이 그들의 손이라면, 나와 혀를 맞대는 사람이 그들이라면, 그들의 거칠지만 단정하고, 두껍지만 길쭉한 손들을 떠올렸다. 강하지만 섬세하게 파고드는 손들을 떠올렸다. 그녀의 손에 그 손들을 겹친다.

나는 그녀에게서 특정 이미지만을 취한다. 결국 사람이 누군가를 사랑하고 집착하는 것은 그를 둘러싼 순간의 단편적 이미지를 향한 것이다. 나도 그리 다르지 않다. 하나의 행동을 보고 그 사람은 평생을 다정할 것으로 생각하고 사랑에 빠지는 것처럼. 나도 그녀의 손과 따뜻함에서 그들을 유추해 냈다. 끝없이 흘러가는 인간에게서 정지된 순간의 이미지를 뽑아내고 새로운 가능성을 유추했다. 이제 그녀는 수많은 남성들의 집합체가 된다. 중요한 것은 그녀가 실제로 그들이 아니라는 것도, 실제로는 여자라는 것도 아니다. 나에게 지금의 행위는 능숙하고 원숙한 남성성의 상징으로 읽혔다. 나는 그것을 사랑한다.

나의 해면체가 점점 딱딱해지는 것이 느껴졌다. 결코 눈

을 뜨지 않는다. 책을 볼 때 인물들을 상상하듯이 나는 상상
했다. 영상을 볼 때는 시각을 보고 촉각적 자극을 떠올렸다
면, 이번엔 촉각을 느끼며 시각적 자극을 떠올렸다. 나의 손
이 그녀의 옷 사이로 파고들어 그녀의 몸을 부드럽고 천천
히 스쳐간다. 가슴을 움켜쥐었다가 그밑의 단단한 갈비뼈를
찾아내며 피부를 훑으며 내려가 허벅지 안쪽을 스치우며 간
질었다. 그녀는 조용히 소리를 참으려 했지만 조금씩 새어
나왔다. 입에서 소리가 새어 나오는 것을 참지 못하게 되었
을 때, 손을 떼고 그녀가 말했다.

"더 하러 갈래?"
"뭐를?"
"이런 거. 가자."
그녀의 눈은 힘이 풀린 채 반만 뜨여있다. 나는 고민할 필
요가 없었다. 내가 원하는 것을 그녀가 가지고 있다. 그렇다
면 나는 참을 수 있다. 연기 할 수 있다. 가족을 만족시키기
위해서 그랬던 것처럼.

"어떻게?"
"내가 뚫리는 곳을 알아."
H를 따라 나갔다. 계산할 때는 괜히 그런 냄새가 나지 않
을까 걱정했지만, 정작 아르바이트생은 크게 신경 쓰지 않
았다. 그의 손 한 손에는 게임이 켜져 있었다. H는 내 손을

잡고 앞서나갔다. 그녀의 뒷모습이 이제는 익숙하다. 그러다 슬쩍 돌아본다. 마치 자신의 손을 잡고 따라오고 있는 사람이 누군가로 바뀔지도 모른다는 생각 하는 것처럼. 골목 사이로 들어가니 모텔이 보였다. 모텔 입구에 쌓여있는 쓰레기봉투가 역겨웠지만 참아야 했다.

"대실이요."

그녀는 담담하게 말했다. 카운터에 앉아 있는 여성은 대학생정도로 보였다. 우리를 쳐다보지도 않고 네모난 함에서 카드를 꺼내어 H에게 건넸다.

"엘리베이터는 복도 안쪽에 있어요."

H는 다시 나를 이끌고 갔다. 카드로 문을 열고 옆쪽 벽에 꽂았다. 불이 켜지니 그녀는 다시 나를 눕히며 키스했다. 자연스럽게 옷을 벗기고 그녀의 옷을 벗겨달라고 했다. 스스로 벗으면 될 텐데. 그녀의 옷을 벗기고 다시 눈을 감았다. 그녀 역시 키스를 하며 눈을 감기에 눈치채지 못한다. 어쩌면 그녀도 다른 누군가를 떠올릴지도 모른다.

"넣어줘."

넣었지만 잘 움직이지는 못했다. 어떻게 힘을 줘야 하는지도 모르겠다. 내가 어설프니 그녀가 나를 눕히고 위에 올라와 움직이기 시작했다. 오히려 더 덧씌우기 좋다. 그녀에게 그들을. 그녀의 작은 날개뼈에 손가락을 고정하고 부드럽게 끌어당겼다. 검고 긴 머리가 나의 몸을 간질였다. 그녀의 목을 물고 한 손으로 슬며시 머리 뒤를 감쌌다. 다른 한 손은 어깨를 감쌌고 눈을 감고 있었다. 그녀의 작은 체온이 나를 덮친다. 그녀의 몸을 안고 있으니 그녀의 얼굴을 볼 필요도 눈을 뜰 필요도 없다. 떠올렸다, 그들을. 그 몸의 굴곡들을, 단단함을, 턱선을, 짧지만 풍성한 머리를, 길고 단단한 손을, 단정한 손톱을, 오뚝하고도 바르게 솟아 있는 코를, 붉은 입술을, 검은 눈동자를, 그리고 햇빛을 받으면 그 안에 보이는 갈색 물결들을, 주위를 감싸는 길고 짙은 속눈썹을. 사정감이 올라온다. 나는 참지 못한다. 그 눈빛을 보면, 그 눈이 웃는다. 나는 그 안에 사정을 해버렸다. 정신이 아득해지며 멀어졌다. 그가 보였다. 눈의 주인이. M이다. M이 나를 보고 웃는다. 그가 그 손으로 베이스를 치며 나를 본다.

"괜찮아?"

H의 목소리다. 나는 눈을 뜨고 그녀를 봤다. 만족한 듯 웃고 있었다. 지금 드는 감정은 죄책감일까, 자괴감일까, 실망일까, 아쉬움일까, 미안함일까, 이제는 정말 그녀를 책임지고 사랑해야 한다는 감정일까. 심장이 한층 더 무거워졌다.

그녀는 어느새 끼워놓았던 콘돔을 빼고 바라봤다. 양을 보고 뿌듯해하다가 휴지로 감싸서 쓰레기통에 버렸다.

공기가 답답해서 창문을 열고 밖을 바라봤다. 건물들 사이로 하늘이 보였다. 호텔이라 적힌 모텔의 간판들 사이로 새들이 날아다닌다. 벚꽃의 시체가 보인다. 아직 남아 있다

니 신기했다. 하늘이 밝다. 귀에는 어김없이 그 높은 소리가
났다. 소리는 그를 그린다.

'M은 뭘 하고 있을까?'

22.

다음날 같은 시간에도 서면역으로 나갔다. 다만 M을 만
났다. 나는 그를 기다리며 사람들을 구경했다. 초등학생 또
래의 아이들도 보이고 유아차 안에 들어있는 강아지들도 보
인다. 세상에는 참 귀여운 것이 많다. 지하이지만 봄의 기운
이 흘러 내려온다. 그가 출발한 시간과 걸리는 시간을 조합
해서 언제쯤 도착할지 계산했다. 사람들은 규칙적으로 쏟아
져 나오고 적어지기를 반복한다. 가만히 있으면 지하철이
지나가는 소리도 들린다. 그 기다란 것이 발밑을 지나가는
감각. 묵직하지만 빠르게 지나간다. 그 사이로 발소리들이
들린다. 발소리 중에는 유독 늘어지면서 딱딱한 소리가 있
다. M이다. 그가 다 와 갈 때쯤 뒤를 돌아보니, 그가 웃었으
며 귀에서 이어폰을 빼고 말했다.

"어떻게 알았대, 나인줄?"

"음악 하는 사람이 그 정도는 알아야죠."

"얼씨구? 누가 들으면 베이스 엄청나게 잘 치는 줄 알겠
네. 그러고 보니 베이스 후배는 좀 모였어? 잘 안모여서 걱

정되지는 않고?"

"괜찮아요. 걱정할 게 한두 개가 아니라서요."

"그렇지. 걱정할게 베이스만 있는 건 아니지."

그는 어째서인지 표정이 안 좋아졌다.

영화를 보고 나왔지만 여전히 하늘은 밝다. 자연스럽게 펌이 된 그의 앞머리 사이로 눈썹이 보인다. 선명하다. 둘은 카페로 갔다. 그는 유자차를 마셨고 나는 밀크티를 마셨다. 날이 풀려 카페는 사람들로 가득 차 있다. 굳이 여기서 공부하는 학생들, 대화를 나누는 연인들, 아이를 데리고 나온 부부. 그들은 하나같이 커피를 마신다.

"이 카페는 사실 커피가 유명하대. 근데 마침 우리 둘 다 커피를 안 먹네? 그래도 분위기는 좋지?"

"이런 데는 어떻게 찾아서 아는 거예요?"

"뭐 친구들이랑 즐겨 오곤 하지."

"이런 데를요? 남자끼리?"

"흠, 첫째. 왜 내 친구면 남자들이라고 생각하는 거지? 둘째. 남자끼리는 카페 오면 안 돼? 너 그거 고정관념이야."

나는 당황해서 밀크티를 한 모금 마셨다. 입에 가까이 가져갔을 때 이미 뜨거운 것을 알았지만 마실 수밖에 없었다. 그는 그런 나를 보고 웃었다.

"아니 그런 건 아니고, 그냥 제 주위에는 다 여자 친구랑 가고, 남자끼리는 운동하거나, PC방을 가거나, 당구장을 가니까요. 그리고 형 보통 남자들이랑 다닌다던데요?"

M의 소문을 들은 적이 있다. 꽤 잘생겼지만 그 누구도 그가 여자와 있는 모습을 본 적이 없었다. 거기에 매일 은근히 옷매무새가 깔끔하다는 점에서, 친구들은 그에게 돈 많은 연상의 여자 친구가 있고, 그녀의 차를 타고 매일 다니며, 그녀가 여사친을 아주 싫어한다는 이야기들을 이끌어냈다. 말을 꺼내니 그의 표정이 그리 좋지 않다.

"내 이야기가 너희들 사이에서 나왔어?"

아차 싶었다. 여기까지 이야기하는 건 선을 넘은 것인지, 아니면 나라도 이야기를 해주는 게 맞았던 것인지 헷갈렸다.

"형 잘생기셨잖아요. 그리고 애들은 원래 그런 이야기 좋아해요. 아마 제 이야기도 막 나올걸요? 저도 남 이야기하는 걸 좋아하는 건 아닌데, 듣다가 하지 말라고 할 순 없잖아요."

그는 유자차를 불어 식힌다. 뜨거운 기운이 내 얼굴까지 넘친다.

"그건 그렇지. 그래서 내가 애들을 싫어한다니까."

"그래도 어쩔 수 없죠. 다들 맨날 학교에만 있으니 심심하잖아요? 그런 이야기라도 해야지."

"그런 소문은 진짜 사람이 어떤지에 대해서 말하지 못해. MBTI 과몰입 같은 거야. 거기에 맞춰서 사람을 평가하게 돼. 그 사람이 아닌 그 이미지로만 사람을 대하는 거야."

"저는 그런 게 오히려 편할 때도 있던데요? 제가 증명하지 않아도 저에 대해서 이해해 주잖아요. 남들이 아는 제 모습대로 사는 게 더 쉬울 수도 있어요. 배가 물이 흐르는 방향으로 갈 때는 굳이 힘들이지 않아도 되는 것처럼요."

"하지만 진짜 네 모습이 아니잖아. 결국 답답할 걸?"

나는 그와 함께 있을 때 나의 모습을 떠올렸다. 그와 함께 있을 때는 반대해도 괜찮았고, 무조건 긍정하지 않아도 괜찮았다. 무엇보다 일관되지 않아도 돼서 좋았다.

"그럴 때도 있는 것 같아요. 확실히. 그래도 사람이 힘이 없을 때도 있잖아요. 형은 항상 자신이 하고 싶은 대로 하고 살아요?"

그는 잠시 망설이다 말을 이어간다.

"그런 건 아니지만, 그래도 노력을 해볼 수는 있잖아. 늘 무기력하게 휩쓸려 가서는 안돼."

말하고도 그는 잠시 생각에 잠긴 듯 유자차를 한 모금 마셨다.

"그래서 그런데, 다음주는 뭐 해?"

"아마 토요일에 H 만날 것 같은데요? 왜요?"

"그놈의 '왜요'는, 에곤 실레 전시 보러 가자."

"그게 누군데요?"

"있어, 그 '인간 실격' 표지 그린 사람."

"아. 그 그림요? 왜요, 또 표가 있어요?"

"아니, 그냥 너랑 보고 싶어서. 가자."

"좋아요."

집에 돌아오니 부모님께서 할머니가 나를 찾으셨다고 말씀하셨다. 그들은 같이 어항 청소를 하고 있다. 다음 주는 바쁘다고 말씀드렸다. 일주일에 한 번 있는 청소지만 물고기들은 매번 처음 겪는 일인 것처럼 어리둥절해한다.

23.

늦게 와도 밤은 밤이다. 형과 처음 영화를 본 지 벌써 2주가 지났다. TV 소리가 거미줄에 걸리고 골목에는 아직 담배 냄새가 자욱하다. 학생들은 이곳에서 담배를 피우곤 했다. H는 투명한 눈으로 나를 본다.

"이번주 주말에 뭐 해?"

"토요일은 약속 있고 일요일에 시간 돼."

그녀가 물어본다.

"요즘 왜 이렇게 바빠?"

"신입생 모집한다고. 영 안 모이네. 5월까지는 다 모여야 하는데. 그리고 이번에는 가족 일 때문에."

마침 새로운 동아리 부장 T에게서 문자가 온다. 그녀는 같은 2학년이고, 동그랗고, 머리가 짧으며 안경을 썼다. H

에게 보란 듯이 휴대전화를 대놓고 켜 보였다.

"봐봐, 안 모인다고 또 호들갑이라니까. 안 모이면 내가 더 많이 하면 되지 뭐. 아니면 곡 수를 줄이거나."

"그러게, 너무 닦달한다. 아니면 내가 좀 도와줄까?"

"아니야. 그렇게 해결할 문제는 아니야."

"그래도 그것 때문에 우리 자주 못 봐서 아쉬워서 그렇지. 저번 주도 바빠서 못 봤잖아."

저번 주 토요일은 동아리 일로 모였고, 일요일은 M과 전시를 보러 갔다. 하지만 H에게는 이틀 연속으로 동아리 일을 한다고 말했다. 다른 일로 H와 만나지 못한다고 말하는 것은 미안했다. 그래도 동아리 일이라고 하면 덜 미안했다.

"괜찮아. 신경 써준 것만으로도 정말 고마워."

그녀는 못마땅한 듯 턱에 호두를 만들고는 하늘을 봤다.

"달이 예쁘네."

"그러게. 너희 집 다 왔다. 조심해서 들어가!"

"응, 너무 신경 쓰지 말고 조심해서 들어가!"

그녀는 책가방에 달린 키링들을 달그락거리며 집으로 들어갔다. 여전히 기분이 좋아 보이지 않았지만 그것까지 신경 쓸 수는 없었다. 실제로 나는 베이스 후배가 한 명도 오지 않은 것에 대해서 고민해야 했고, 이번 주에는 정말로 할머니를 뵈어야 한다고 생각해서 형을 만나지 못 하기 때문에 살짝 기운이 빠졌다.

집은 비어 있었다. 고요함 속에 내 귀에는 어김없이 그 높고 깨지는 듯한 소리가 잡힌다. 혹은 얇은 물줄기가 흐르는 소리. 어둠은 무언가 갈라지듯 지지직거린다.

"다녀왔습니다."

내 목소리가 울린다. 텅 빈 소파에 앉으니 가죽이 갈라지는 소리가 났다. 물고기 한 마리가 튀어나와 죽어있다. '내일 부모님이 발견하시게 두자. 직접 발견하시고 치우시면 뿌듯해하실 거야.' 나의 손위로 할머니의 손이 겹친다. 오래전에 겹쳤던 손. 아픈 내 배를 만져주시던 손. 생선의 가시를 발라주시던 손. 그 손은 어둠 속으로 흩어진다. 손이 녹아든 어둠은 더욱 짙다.

물소리와 고요의 소리밖에 들리지 않았다. H와 맞춘 커플링을 보고, M이 선물해 준 스티커가 휴대전화에 붙어 있는 것을 봤다. 빵을 사면 함께 주는 흔한 스티커고, 각인까지 한 커플링이다. 진동이 울린다. 회장 T였다. 다시 한번 더 울린다. H였다. 그리고 한 번 더 슬픈 진동이 방을 채운다. M이었다. 나는 모두 무시하고 잠에 들었다. 침대는 지독하게 푹신했다.

24.

오랜만에 할머니 댁을 방문했지만, 할아버지는 계시지 않고 할머니는 잠에 빠져 계셨다. 아프신 것보다야 잠에 드신 것이 나을까. 요즘은 힘이 없으셔서 더 이상 어떤 소동도 일으키지 못하신다. 광기를 일으키지 못하니 다행인 것일까, 그 어느 것도 하지 못하니 슬픈 것일까. 꿈속에서나마 잔소리하시는지 입을 우물거리신다. 이곳에도 어머니가 가져다 놓으신 어항이 있다. 그 옆에는 여행을 다니시는 할머니와 할아버지의 사진, 수많은 나라의 기념품들, 가짜 보석이 박힌 빛나는 코끼리, 못난이 인형들, 옥구슬, 염주, 오래된 컵, 비싼 양주, 그리고 태권도를 하는 나의 사진. 태권도를 다니면 꼭 이런 사진을 찍어서 액자에 넣어 보관하도록 주신다. 그 옆에는 더 어릴 때의 사진들, 모든 것 가운데 가족사진이 있다. 할머니도 할아버지도, 어머니도 아버지도, 지금과 크게 달라 보이지 않는다. 오직 나만 달라져 있었다. 밖을 나오니 M의 문자가 와있었다.

"뭐해?"

"나 이제 할머니 뵙고 집에 가려고."

"시간 있으면 볼래?"

나는 딱히 할 일이 없었다.

"그래요."

부모님을 먼저 보내고 건널목에서 그를 기다렸다. 고가도로 너머로 하늘을 바라봤다. 오늘은 구름이 빠른 걸 보니 바람이 센가 보다. 그러나 이곳은 그 어떤 바람도 불지 않아서 같은 곳에 있는 듯 보이지만 정 다른 곳에 있다고 생각했다. 그러고 보면 저 구름이 얼마나 가까이 있는지는 정말로 모를 일이다. 크기로 따지자면, 크기가 큰 구름인지 가까워서 큰 것인지 모르겠고, 선명도로 따지자면 원래 선명한 구름인지 가까워서 선명한 것인지 모르겠다. 여기와 바람의 세기를 비교하자니, 아까 말한 것처럼 바람이 변덕이 심할 수도 있는 노릇이다. 비교할 만한 새도 한 마리 지나가지 않았다. 그의 발소리가 들렸다.

"안녕."

"보고 싶었나 봐요?"

"응. 너도 그래서 나온거 아니야? 요즘 모집은 잘 돼가?"

"아뇨. 망했죠. 뭐."

"그래, 그냥 네가 더 치면 돼지. 너무 걱정하지 마. 나는 네가 있어서 든든하네, 아주."

"놀리는 건 아니죠?"

그는 다시 눈을 반달로 만들며 웃는다. 그가 웃으니 강물도 반짝인다. 신호가 바뀌어서 건널목을 건넜다.

"형은 안 바빠요?"

"뭐가?"

"이제 수능 한 6개월밖에 안 남지 않았어요? 그리고 수시는 더 빠르고."

"걱정은 되지만, 뭐 어쩌겠어. 그냥 갈 수 있는 곳에서 즐기고 최선을 다하면 되지."

"그래도. 좋은 대학을 가고 싶으면 재수라던가 할 수도 있잖아요."

그는 또 나를 보고 웃는다.

우리는 강물을 따라 하릴없이 걸었다.

"시간도 중요해."

"그래도 원한다면 시간을 들일 수도 있잖아요? 일단은 대학만 잘 가면 되는 거 아니에요?"

"세상이 그렇게 간단하면 얼마나 좋겠니. 사람은 하나라고 하지만, 사실 굉장히 복잡한 기준들을 가지고 있어."

"그래도 끝까지 고민해 보면 답이 나오지 않을까요?"

"너, 삼체문제라고 알아?"

"그거 SF 책 아니에요?"

"자, 여기 물체가 하나 있어. 그럼 일체야. 그리고 두 개 있어. 그러면 이체겠지?"

"네."

"이 두 개는 서로의 중력에 영향을 받아서 움직이겠지? 이렇게 두 개일 때는, 그 궤도를 구하는 게 그리 어렵지 않아. 하지만 세 개가 되면, 굉장히 힘들어지지. 그런데 현실을 어떻지? 세 개를 넘어선 수많은 요소가 존재해. 이것들이 서로에게 영향을 주고 또 받는단 말이야. 그러니 우리가 과연 이 영향들이 최종적으로 어떤 결과를 나타낼지, 어떤 것

157

이 맞는 길인지 알아낼 수 있을까?

지금 상황을 봐도 그래. 대학을 가는 데 걸리는 시간, 대학의 수준, 위치 등 다양한 문제들이 혼재해 있지. 그것들을 모두 종합해 최선의 답을 찾을 수 있을까? 그러면 대학의 수준은? 입시 결과로 봐야 할까? 아니면 취업률? 아니면 취업률이 낮더라도 돈 많이 버는 곳? 아니면 현재가 아니라 미래에 잘될 것 같은 사업? 이 모든 것들이 서로 영향을 주고받으며 우리를 끌고 당겨. 우리는 어떤 것이 맞는 일인지 알 수 없어.

또한 지금 하는 일이 어떤 결과를 낼지도 예상하지 못해. 그저 흘러가는 걸 바라볼 뿐이야. 물론 대강은 예상할 수 있겠지. 그러나 결국 결과는 우리 앞에 확률이 아닌 현상으로 나타나. 0 아니면 100. 왜냐하면 우리는 경우의 수 속에 중첩되어 존재하는 한 요소일 뿐이지, 경우의 전체가 아니니까. 너무 걱정할 필요도, 기대할 필요도, 실망할 필요도 없어. 그저 행동하고 즐기면 돼. 미래는 몰라도, 현재는 무엇이든 원하는 걸 선택 할 수 있어. 우리가 살아가고 알아갈 수 있는 건 결국 현재뿐이야. 중요한건 현재의 선택이야.

그리고, 지금 내 선택은 너야. 지한아.”

그의 눈 속에 갈색 파도가 보인다. 그 중간에는 끝을 알 수 없을 만큼 검은 점이 있다. 그는 나의 손을 잡으며 웃는다. 손가락엔 각인이 새겨진 은빛 반지가 반짝거린다. 그러나 이내 구름이 해를 가리고 조금 어두워진다. 반지는 더 이상 반짝이지 않았다. 그의 붉은 입술이 나의 입술에 닿는다. 곧 떼어냈지만, 잔상이 남는다. 다시 해가 나왔다. 모든 것이 빛났고, 반지 또한 빛났다. 바람이 흐르고, 물비린내가 바람을 타고 여기까지 날아왔다. 내가 맡은 것이 강에서 온 것인지, 우리 집에 있는 어항에서 온 것인지 헷갈렸다. 다만 냄새가 났다.

4장

25.

내가 느낀 외로움이란 혼자 치는 손뼉이 아닌 함께 치는 하이파이브와 같은 것이라 누군가와 마주칠수록 더 자주 소리가 났다.

어느새 고등학교 3학년이 되었다. M은 졸업했고, 그가 말한 것처럼 적당한 대학에 들어갔다. 요즘도 1주일에 한 번이면 그를 만났고 다른 한 번의 주말은 H를 만났다. H와는 섹스를 했고 M과는 데이트를 했다. H와 섹스를 할 때는 M을 떠올렸고 M과 데이트를 할 때는 H에게 미안함을 느꼈다.

동아리 회장 T는 이번 연도에도 동아리 회장직을 이어 나갔고, 나는 베이스 후배가 들어오지 않은 것에 대한 책임으로 더 많은 일을 떠맡아야 했다. 하지만 회장도 3학년임에도 많은 일들을 해 갔으므로 뭐라 할 수는 없었다. 그래도 혼자 베이스를 칠 때는 귀에서 들리는 그 소리가 나지 않았다. 아니 들리지 않았다. 사람들과 함께 있을 때는 외로움의 소리에 묻혀 그 소리가 들리지 않았다. 나는 그렇게 시간이 분화되어 가는 소리도 듣지 못하고 정신없이 활동들을 이어 나갔다. 내가 유일하게 그 소리와 함께할 때는 독서를 할 때였지만, 더 이상 독서를 잘 하지 않았다. 책이 손에 잡히지 않는다. 한 글자를 읽으면 내가 해야 할 일들이 떠올랐다. 그녀에게 답장, 그에게 답장, 베이스 연습, 공부, 미래에 대한 고민, 그리고 정말 어쩔 수 없는 고민, 할머니의 병세가 악화되는 것. 결국 내가 모든 것을 감당해야 했다. 그러나 나는 그 문제들이 커지고, 귓속에 울리는 소리가 커지는 것을 감당하지 못해 더 많이 활동들을 이어 나갔다. 그 소리들이 듣기 싫었다. 베이스를 치고, 외로움의 소리를 들어야만 했다. 외로움이 더 크게 느껴지는 것은 그것들이 오직 나한테만 들리기 때문이다. 외로움의 소리는 시간이 흐르는 줄 모르게 한다.

할머니의 암은 그리 쉽게 나을 것이 아니었다. 처음부터 상태는 좋지 않았고, 그저 기간을 연장해 갈 뿐이다. 어차피 삶이 천천히 죽어가는 것이라고 한다면 그리 차이는 없겠지만, 그 삶의 질이라는 것은 급격히 달라진다. 오죽하면 암 환자 중에서는 차라리 투병 생활을 하지 않고 그냥 몰래 사라져서 일찍 죽을 걸 그랬다고 말하는 사람도 있을 정도다. 그러나 할머니는 생활력이 강하신 분이었다. 평소에 활력이 넘치셔서 주변에 늘 그 기운을 나눠주고 살았고, 나 또한 그렇게 키워졌다. 물론 그런 것이 부담스러웠던 나와는 그리 맞지 않았지만 말이다.

할머니는 아프시고도 친구분들과 놀러 가시고는 했다. 늘 마지막일 거라는 생각에 더 많이, 열정적으로 여행을 다니셨다. 그 모습을 보고 가끔 착각이 들기도 했다. 어쩌면 저렇게 영원히 사시지 않겠느냐는 착각이. 매 순간 휘영청 거리는 나보다 훨씬 오래 사시지 않을까란 착각이. 불꽃도 꽃과 같아서 가장 아름답게 빛나고 순식간에 져버린다. 그 모습을 보고 영원히 아름다울 거라 착각이 들기도 한다. 그래서 그런지 한자로 하면 불도 화, 꽃도 화다. 그게 화가 나는 점이다. 어차피 질 거라면 그냥 져버릴 것이지 아름답게 빛나고 지면 모두가 그리워할 것 아닌가. 그 빈자리가 더욱 크게 느껴질 것 아닌가.

할머니가 언제 돌아가셔도 이상하지 않을 상황이 왔다. 이제 시중의 약물로는 해결되지 않았고, 계속해서 시험단계의 약물을 썼다. 훨씬 부작용도 심한 약물들. 살이 빠지고 얼굴은 노래질 것이며, 간은 상해가고 머리가 빠지며, 눈동자는 오래된 계란 노른자처럼 검은자와 흰자의 경계가 흐릿해진다. 손은 흙색이 되어간다. 가끔 일어나서는 이전에 하시던 흰소리를 더 자주 늘어놓으신다. 잠에 들어도, 깨어도 꿈을 꾸신다. 젊은 남자 간호사를 보고 기뻐하시고, 우리들 앞에서 우리들을 찾으신다. 더 이상 탈출할 힘은 남아있지 않으시다. 찾아오시던 친구들의 수도 줄어들었다. 할아버지는 아닌 척하시지만 계단에서 몰래 우신다. 부모님은 말끝마다 눈물이 맺혀 문장의 마침표를 흐리게 찍으신다. 할머니의 하얀 병실은 묽어진 마침표들로 얼룩져있다.

H는 계속 문자를 보냈다. 나의 안부를 걱정했다. 어쩌면 서운할지도 모른다. 할머니 혹은 동아리, 그리고 그녀는 모르지만 가끔은 M을 만나서 그녀와 만나지 못하기 때문이다. 그럼에도 나는 그녀에게 내가 최선을 다하고 있음을 알렸다. 나는 그녀가 필요했다. 정상적인 세상과 나의 유일한 통로다. 그리고 고등학생 생활을 나에게 다 쏟은 그녀를 무시할 수는 없다. 이전에는 그녀가 나보다 더욱 친구가 많았지만, 3학년이 되고 나서는 수험생활 탓인지 친구를 잘 만나지 않았다. 나는 동아리 사람들과 친하게 지냈지만, 그녀는 정말 나밖에 남지 않았다. 그녀의 부모님은 그녀에게 크게 관심이 없었다. 그녀가 한 사람한테 강한 애착을 갖는 것도 그리 이상한 일은 아니다. 그 대상이 하필 나 같은 사람이었을 뿐이다.

그녀는 스트레스가 심해진 탓인지 나에게 더 기대려고 했다. 이전에는 내가 약속이 있으면 그녀도 약속을 잡았지만, 이제 그녀는 집에서 공부하며 내 생각을 했다. 그전까지는 찾지 않았던 나를 찾았다. 연락의 내용은 나에 대한 걱정이다. 그러나 살짝만 건드리면 그녀의 마음속에 영근 서글픔이 터져 나올 것이라는 걸 안다. 그녀가 나에게 건네는 위로가 거짓이라는 생각을 하지는 않지만, 사람의 마음은 결코 단편적이지 않다. 그렇기에 그녀의 염려 뒤에 자리 잡은 커다란 서운함도 알고 있다. 나는 그것을 보고 그냥 넘어갈 수가 없었다. 그것을 건드려서 터뜨리고 봉합을 해줘야 한다. 나를 위해 전화를 해준 것에 고맙다고 인사를 하고, 혼자 둬서 미안하다고 사과해야 했다. 그것이 그녀가 바라는 이상적인 그림이다. 무너져 가는 그녀를 위해 나는 해줘야만 했다.

전화를 끝내면 T가 연락이 온다. 이번 주 합주를 나 때문에 제대로 못 했으니 다음 주는 꼭 참석해야 한다고 말한다. 합주 날은 모두의 합의로 일주일에 3번으로 결정되었다. 나는 당시 모든 날이 다 가능하다고 말했다. 그렇게 다른 이들의 안되는 날을 모두 빼니 남은 것이 그 삼일이었다. 그리고 하필이면 그중 이틀을 할머니 병문안을 간다고 가지 못했다. 진작에 말했으면 괜찮았겠지만, 할머니의 갑작스러운 입원을 내가 어떻게 예측하고 말할 수 있을까. 결국 갑자기 취소됐고 다들 수시 문제로 바쁜 와중에 겨우 뺀 날이 취소되니 T의 입장에서는 기분이 조금 상한 것 같다. 나는 구차하게 변명하기보다는 그냥 미안하다고 말하기를 택했고, 할머니에 대한 말은 하지 않고 다음에는 꼭 참석하겠노라는 다짐만을 남긴 채 화면을 껐다. 꺼진 화면에 비친 나와 눈이 마주쳤다. M을 보고 싶었지만 그러면 하지 못하는 다른 일들이 떠올랐다. 귀에서 소리가 난다. 가슴이 답답해져 복도 끝의 창문을 열고 바깥바람을 쐰다. 비행기가 지나간다. 이내 구름으로 그 모습을 감춘다. 부모님이 나를 찾으시는 전화가 왔다.

26.

M은 대학을 가서 자취를 시작했다. 비록 부산에 있는 학교였지만 그의 부모님도 그가 독립하는 것을 찬성했고, 그 역시 독립하는 것을 좋아했다. 그는 자취방에 나를 처음 불렀다. 이전부터 불렀지만 이제야 내가 시간이 났다. 주택가에 있는 작은 원룸이었다. 대학교 앞이라서 술집도 많았고 술 취한 사람들도 많았다. M은 능숙하게 술과 안주를 골라 담았다. 온 골목골목에 알코올이 옅게 깔린 듯했다. 기쁨에 가득 찬 알코올은 끈적하게 몸에 달라붙는다. 나는 그의 집

168

에서 처음으로 술을 마셨다. 그의 집 안은 밖과는 다르게 먼지 한 톨 보이지 않을 만큼 깨끗했고, 설거짓거리도, 빨랫감도 쌓여있지 않았다. 하얀 벽 아래에는 짙은 나무 바닥이 깔렸고, 그 위에 회색 이끼 같은 러그가 깔려있었다. 천장 등은 켜지 않고 은은한 주황빛의 스탠드를 켰다. 매트한 검정 테이블 위로 어울리지 않는 안주들을 세팅했다. 캔에 담긴 맥주. 배달시킨 닭발. 원플러스 원을 하는 감자칩. 그는 여전히 칩 종류의 과자를 좋아한다. 술이 한잔 두잔 들어가니 방이 이전보다 밝고 넓어 보인다. 그러나 기묘할 정도로 현실감이 넘치고 명암이 짙어 보였다. 얼굴이 후끈거렸다.

"형, 이러면 우리 S형도 부르는 거 어때요?"

나는 오랜만에 S가 보고 싶었다. 한 2년은 넘었다. M은 담배를 꺼내 든다. 그가 담배를 피우는 모습은 처음 본다. 라이터로 아직은 어색한 듯 불을 붙인다.

"S? 내가 재밌는 이야기 하나 해줄까?"

그는 입에 담배를 문다. 나는 실내에서 펴도 되는지 의문이 들었다. 그는 상관없다는 듯이 담배를 빨았다. 그리고 입을 벌리자 연기가 조금씩 새어 나왔다. 일부러 뱉는다기보다는 넘쳐서 흘러나오듯이.

"네? 갑자기?"

"S랑 나랑 사귀었었어."

"그게 무슨 소리예요? 그럼, 지금은요? 지금도 만나고 있어요? 그말을 왜 저한테,"

"내가 너처럼 두 명씩 만나고 다니는 줄알아? 그 형이랑
은 헤어졌지. 너한테 영화 보러 가자고 하기 전에."

"아…그래서…"

"왜 헤어졌는지는 안 물어봐?"

"아니. 그런 걸 굳이"

"그 형 죽었어."

"네?"

"죽었다고. 자살했어. 소문이 퍼졌거든."

나는 갑자기 나온 그의 말에 당황했다. 평범한 삶을 꿈꾸
며 고민하던 그가, 가장 평범하지 않은 죽음을 택했다니. 그
리고 이형은 왜 갑자기 나한테 이런 말을 하는 걸까.

"나랑 키스하다가 걸려서 게이라는 소문이 퍼졌어. 그 형
은 바보같이 맞다고 인정했고. 다들 비밀을 지켜 줄 줄 알았
나 보지."

"그래도…"

"그래도 뭐, 소문 때문에 자살을 하냐고? 대학생이나 돼
서? 너는 잘 모르겠지. 아니, 모르고 싶겠지. 그러니까 아직
도 그 여자애 계속 만나는 거 아니야?"

"지금 무슨 말을 하는 거예요? 진짜 죽었어요?"

"그래. 죽었지. 집값 안 내려가게 아무도 없는 산에서."

나는 상황 파악이 안 되고 있었다. 얼굴이 벌겋게 달아오

른 그는, 울분에 찬 목소리로 말을 이어가고 있었다.

"처음에는 다들 괜찮다고 했지. 요즘 같은 세상에 그게 뭐 대수라면서. 근데 그게 학교 커뮤니티에 싹 퍼졌다더라. 학과 친구 중 누군가 올렸거나. 그 애들의 친구들한테 말한 걸 올린 거겠지. 그러고는 극성스러운 누군가 그걸 부모님께 알렸대. 그래서 처음에는 악의를 가지고 그런 건 줄 알았거든? 근데 그게 아니라 부모님은 이해하실 거라고 당당해지라고 그런 거였대. 부모님을 믿고 솔직하고 건강하게 살라고. 부모님께서 어떻게 하셨을까? 아들을 위해서 시위를 나가셨어. 동성애자를 위한 세상을 만들겠다고."

"그게 뭐가 문제예요? 다 괜찮은 거 아니에요? 그런데 도대체 왜."

그는 웃으며 담배를 한 개비 더 꺼냈다.

"그렇게 간단하면 얼마나 좋겠니. 그날부터 모두가 그를 보면 이해해 준다는 말을 꺼냈어. 부모님도, 친구들도. 어차피 모두가 게이인 걸 알게 되었으니 친구들은 자신의 공평함을 보여주기 위해서 더욱 잘해줬지. 학생회에서는 성소수자를 위한 정책도 펼쳤어. 여자애들은 게이 남사친을 두고 싶어서 다가왔고, 남자애들은 이전처럼 친하게 지낸듯 보였지만 S를 위해서 거리를 둬주기 시작했지. 불편해할까 봐. 사실은 본인들이 불편한 거면서. 부모님과 친구들은 S의 눈치를 살피고 그를 동정했어. 괴롭히는 사람이 있으면 자기

들한테 말하라고 했지. 그게 오히려 S를 괴롭게 한다는 것을 모르고. 동의 없는 동정은 폭력이라는 걸 모르고. S는 그렇게 혼자가 됐어. 나 말고는 하소연할 사람도 없었지. 자기를 위해주는 건데 싫다고 하면 어떻게 보겠어?

그런데 나도 너처럼 그렇게 말했어. 뭐가 문제냐고, 다들 잘 대해주면 좋은 거 아니냐고. 몰랐지, 이름이 아닌 게이로 불리는 그 마음을. 그가 자살하고 나서도 그는 게이라서 죽은 게 되어버렸어. 부모님과 친구들은 여전히 그를 위해 사회적 활동을 하고 있어. 그가 원한 건 이전과 다름없는 삶이었지만, 죽어서도 그는 불쌍하도록 특별한 사람으로 남았지. 그저 이전처럼 같이 평범한 일상을 보내고 싶을 뿐이었는데.

사회적 활동 좋지. 사회적 활동은 멀지만 큰 것을 바꿀 수 있어. 그러나 정작 작지만 가까운 것들은 잃게 되어버려. 자기 자신, 혹은 자기 자식."

깊게 한 모금 마신다.

"나도 그렇게 될 줄은 몰랐어. 그러니까 숨기고 싶다는 사람을 거리로 끌고 나가서 남들처럼 손도 잡고, 구석진 곳에서 스킨쉽도 한 거지, 병신처럼. 내가 그러지만 않았더라면 아무 일도 일어나지 않았을 텐데…. 지한아. 나는 네가 당당하게 나 못 만나는 거 이해해. 그래서 기다려 주는 거야. 아무리 힘들고 싫어도. 나는 너까지 죽이기는 싫어. 하지만

언제까지 너를 기다려 줄 수는 없어. 포기하고 싶으면 그만
포기해도 괜찮아. 다만, 선택은 해줘."

그는 담배를 빼더니 내 입에 물려줬다. 나는 한 모금 빨아
보지만, 기침만 나온다. 그는 웃으며 내게 키스를 한다.

달이 녹아내린다. 달빛은 술과 담배 냄새가 났다. 나는 더
말을 이어갈 용기가 없었다. 문자가 왔다. 할머니가 병원에
입원하셨다. 8월 말, 수능까지 2개월가량 남았고, 곧 2학기
가 시작되며, 공연까지는 3개월 남았다. 녹은 달이 방 안에
가득 차서 숨이 막힌다. 익사하기 직전, 내가 달빛에서도 숨
을 쉴 수 있으면 얼마나 좋을까 생각한다. 그러나 나는 숨을
쉬러 수면위로 올라가야 한다.

27.

9월부터는 시간이 굉장히 빠르게 지나갔다. 동아리의 3
학년들은 대부분 수시로 대학을 합격한 덕분에 수능은 최저
등급만 맞추면 돼서 생각보다 시간이 많았고, 나는 후배가
없던 터라 2학년과도 합주해야 했다. 그 말은 나는 거의 일
주일 내내 합주를 위해 밤에 남거나, 점심, 저녁 시간을 빼야
한다는 뜻이다. 그리고 무슨 바람이라도 불었는지, T는 갈
수록 우리들을 쥐잡듯이 잡았다. 우리는 겨우 고등학생인데

성인이라도 되는 것 같은 퀄리티를 요구했다. 그녀는 모든 학년의 합주를 참관하면서 잘못들을 지적했고, 나중에는 그게 음악에 일부라도 된 것 같았다. 노래가 끝나면 정해진 절차처럼 그녀의 목소리가 들렸다. 나중에 본 공연 때 그 소리가 들리지 않으면 서운할 것 같다고 우리끼리 말을 했다.

거의 한 달에 한 번 보게 된 H가 갑자기 연락이 왔다. 나는 합주 끝나고 연락하겠다고 했다. 그러나 그녀는 계속 전화를 했고, 나는 4번째 전화가 왔을 때 다들 미안하다고 말하고 잠시 나왔다.

"뭐해?"

"뭐하냐니, 합주하지. 나 합주 하는 시간 알잖아."

"그래도 전화는 받을 수 있는 거 아니야? 사귀는 사이인데 전화도 마음대로 못 해? 수업 시간도 아니고."

"미안해. 그래도 나한테는 이게 중요한 일이라서 그랬어."

"나보다?"

"그런 말이 아니잖아. 요즘 많이 힘들지?"

"지금 내가 힘들어서 이러는 것 같아? 자기는 잘못이 없고?"

"아니 그게 아니라."

나는 그녀가 헤어지자고 할 줄 알았다. 목소리가 유독 날이 서 있었다. 귀가 베여서 쓰라렸다.

"주말인데 잠시라도 못 봐?"

"내일 점심쯤에 잠깐은 볼 수 있어."

"잠깐?"

"응 오전에는 할머니 병문안 갔다 오고, 오후에는 또 합주 있어."

"지한아. 너는 나 안 보고 싶어? 왜 먼저 보자는 말이 없어? 예전에는 보는 거 좋다며."

"그렇긴 한데 요즘은 바빠서 그래. 너도 내가 공연하는 모습 좋아하잖아? 아니다. 미안해 정말. 나중에 다시…"

"지금 이 순간에도 그런 말이 나와? 너 나랑 왜 연애하는 거야? 나 진짜 모르겠어서 물어보는 거야."

"너 좋으니까 그렇지. 왜냐니."

"그럼, 너 어디 대학 지원했는지는 왜 말 안 해줘? 왜, 내가 따라갈까 봐?"

"나 정시로 갈 거라서. 수시는 굳이 말 안 했어. 미안. 곧 수능인데 공부는 잘 돼가?"

"당연히 잘 돼가지. 누구 덕분에 걱정이 하나도 안돼서. 원래 수능 한 달 전부터는 공부에 집중하려고 만나지 말자고 하려 했는데, 지금 주기를 보니까 어차피 우리 수능까지는 안 만나겠다. 그렇지? 이제 수능 한 달도 안 남았잖아. 아니, 수능치고는 볼 거야? 그놈의 공연 끝나고 보자고 할 거야? 너 다른 여자 생긴 거는 아니지?"

"그런 거 아니야. 미안해. 이번 주에 꼭 보자."

"됐어. 네가 직접 다시 연락해. 연습 잘해."

전화가 끊어졌다. 수능이 3주도 남지 않았는데 아직도 산은 붉어지지 않았다. 베이스를 쳐야겠다. 그러면 머리가 덜 아플 것 같았다.

그 주 주말은 바빠서 연락하지 못했다. 생각보다 할머니의 상태가 좋으셔서 오래 대화를 나눴다. 할머니는 그 순간마저 나보고 말랐다며 밥을 챙겨 먹으라고 하셨다. 맞잡은 그녀의 손은 아프시기 전과 조금도 다르지 않게 느껴졌다. 그리고 합주는 생각보다 늦게까지 이어졌다. 나는 T에게 이만하고 가자고 말했다. T는 화를 냈다.

"아니, 지금 이 상황에서 가자는 말이 나와? 그래도 네가 맡은 곡인데 이렇게 하면 어떡해. 책임은 져야지. 너 수능도 중요하지만, 맨날 놀다가 이제 와서 공부하려고 적당히 하자는 건 너무 무책임한 거 아니야?"

"우리가 무슨 전문 밴드도 아니고, 이렇게까지 할 필요는 없잖아. 나 지금 거의 일주일 내내 나와서 합주하고 있어."

"나는 지금 '진짜' 일주일 다 나오고 있어. 그러니까 너 베이스 후배 열심히 구하라고 했지."

"내가 아예 합주를 하지 말자는 것도 아니고, 오늘은 이만하자고."

H를 만나야겠다고 생각하고 있었다. 그렇기에 더욱 빨리

이 대화를 끝내야 했다.

"넌 왜 이렇게 무책임해? 다 고3인데 지금 너만 빨리 가자고 하고 있어. 너 여자 친구 만나러 갈려고 그래? 왜 이렇게 이기적이야?"

"너만 모르지 다 너 때문에 힘들어해. 너야말로 지금 너 수시 끝났다고 이렇게 하는 거 아니야? 너야말로 이기적인 거 아니야? 수시 끝났고 최저만 맞추면 됐다고? 그냥 너 사심 채우는 거 아니냐고."

"무슨 말을 그렇게 해? 내가 참아서 모르나 본데, 너희들 공연 이상하게 하면 나만 혼나. 선배들한테. 지금까지 여기 장비들 다 누구 지원인 거 같아? 선배들이 계속 연락이 와서 잘하고 있냐 물어보시는 거 알아? 그런데 지금 이렇게 한가하게 여자 친구나 만나러 가려고 하고. 내 입장도 좀 생각해 주면 안 돼?"

동아리 실은 조용해졌다. 높게 갈라지는 소리밖에 들리지 않는다. 그것에 끌려가면 안 된다.

"네가 말 안 했는데 어떻게 알아. 내가 네 보호자야? 선배들 지원도 중요하지. 그래도 우리한테 수능이 얼마나 큰 일인지 알잖아? 그리고 나 지금 여자 친구 만나러 가지도 못해. 우리 이미 약속 시간에서 1시간은 넘게 더했어. 내일 학교 가려면 이제라도 해산해야지. 내일도 합주할 거 아니야?"

"알겠어. 정 가고 싶으면 가."

가지 말라는 뜻이다. 그러나 나는 떠났다. 비겁하게 진심을 말하지 않고 비꼬는 사람의 말을 일일이 들어줄 필요는 없었다. 운동장은 어둡고 하늘에는 별이 잔뜩 숨 쉬고 있다. H에게 전화를 걸었다.

"미안해 이제 연락해서. 오늘 생각보다 바빠서."

"됐어."

전화가 끊겼다. 이건 다시 전화하란 뜻이다. 하지만 다시 전화하지 않았다. 대신 M에게 전화를 걸었다. 그러다 연결음이 더 가기 전에 전화를 끊었다. 그에게 H와의 일을 말할 수는 없다. T와의 일만 말해서는 온전한 공감을 얻지 못한다. 참자. 그도 지금 나 때문에 힘들어하고 있다. 바람이 부니 산 전체가 흔들린다. 어두운 파도가 치는 소리가 들린다. 하늘은 완전한 검은색이 아닌 피가 한 방울 떨어진 것 같은 고동빛, 혹은 자줏빛이다. 내리막길에는 가로등이 끝없이 이어져 있다. 아무도 없고 불빛과 날벌레만 있다. 풀벌레 소리가 구름을 탄다. 높고 갈라지는 소리는 별이 쏟아지는 소리 같다. 하늘에 유독 밝게 빛나는 별이 어쩌면 인공위성일지도 모른다고 생각했다. 오토바이 소리가 크게 들린다. 예전에 죽은 누군가 떠오른다. 그러나 그의 얼굴도 이름도 떠오르지 않는다. 어둠 속에서는 모든 것이 나의 그림자일까, 아니면 나의 그림자가 그 어디에도 없는 것일까.

28.

교실 앞에 붙어있는 숫자가 어느새 5를 가리킨다. 그래도 우리는 이번 주 부터 일주일간은, 그러니 수능을 칠때 까지는 합주를 하지 않는다. T는 진작에 공부를 해놓았으면 되지 왜 굳이 이번까지 쉬어야 하냐고 말했지만, 그녀를 제외한 모두의 합의로 합주는 잠정 중단되었다. 그녀는 끝까지 못마땅한 말투로 말했지만 단체방은 더 이상 대꾸해 주지 않고 차갑게 얼어버렸다.

고등학교를 일찍 나오는 기분은 신선했다. 하늘은 유난히 푸르고 폐로 들어오는 공기가 차다. 푸른 하늘 아래 있는 탓인지 붉고 노란 단풍과 은행은 더욱 선명하다. 붉게 타오르는 산들. 산들바람을 타고 날아오는 단풍. 단풍을 밟으며 나아가는 이백여 명의 학생들. 뒤를 돌아보니 그사이에 노랗게 햇살을 받는 교정의 모습은 생경하다. H는 같이 카페를 가길 바랐지만, 거절했다. 수능 전에 화해하고 싶은 그녀의 마음도 이해가 가지만, 이젠 정말 혼자 있고 싶었다. 그녀의 투정을 받아주기는 힘들다. 다시 말하면, 그녀의 건전한 의견 제시에 대응하기에는 너무 지쳤다. 이 속에서 나는 외로웠고 그 외로움을 오롯이 즐기고 싶었다. 그때 전화가 온다.

"지한아 잠깐 볼래?"

M이었다. 그는 서면에서 기다리고 있었다. 그도 요즘

조별 과제로 바쁘다고 했는데 여전히 멀끔해 보였다.

"형 괜찮아?"

"그럼 괜찮지. 안 괜찮을 게 뭐 있어서. 이제 수능 얼마 안 남았지? 내가 응원해 주려고 왔지."

"오 고마워! 덕분에 힘이 좀 나는걸요?"

우리는 길을 걸으며 대화를 나눴다. 자연스럽게 지하철역 쪽으로 걸어갔고, 지하철을 탔다.

"오늘 일찍 마쳤는데 따로 약속은 없었어?"

"응 딱히 없어."

지하철의 밖이 밝아지고, 지상으로 올라왔다. 지하철이 지상으로 가면 그 순간 그것은 지하철이라고 할 수 있을까? 아니면 지상철이라고 순간만은 이름을 바꿔야 하나? 밖을 보며 생각하는 사이에 그의 자취방이 있는 역까지 도착했다. 우리는 지하철에서 나왔다. 그제야 지하철 안의 공기가 답답했다는 것을 깨닫는다.

"여자 친구는?"

"그냥. 혼자 있고 싶어서."

"그런데 내가 이렇게 방해해도 될까?"

"형은 다르지. 형은 내가 좋아하잖아."

그말은 결국 내가 여자 친구는 좋아하지 않는다는 뜻이 된다. 나는 일말의 죄책감에 이를 직접적으로는 말하지 못했다.

"그래? 영광이네. 정말. 이렇게 사랑받아도 되나 모르겠네. 고마워, 그 애 보다 나를 더 사랑해 줘서."

그의 말투는 다소 비꼬는 듯한 느낌이 들었다. 또 그 문제가 튀어나오는 것이다. 항상 그 자리에 박혀 있는 돌멩이처럼. 모든 인파가 최대한 그것을 피해 가지만 불시에 누군가 부상을 당한다. 나는 넘어가려고 말을 더 하지 않았다. 다른 대화거리를 생각하려고 주변을 둘러봤다. '이럴 줄 알았으면 그냥 집에서 쉰다고 말할걸.' 언제 터져도 터질 문제이지만, 오늘만은, 이번 일주일만은 아니었으면 했다. 어른들은 이제 와서 수능이 인생의 전부가 아니라고 했지만, 20년 가까이 되는 세월을, 그것도 가장 영향을 많이 받을 시기의 우리에게 그렇게 말해놓고서. 이제 와서 아니라고 하면 우리가 순식간에 '그렇구나!' 하고 받아들일 것으로 생각한 걸까? 1년 사귄 여자 친구와 헤어지면서도 힘들어하면서 20년을 함께한 사상과 헤어지라고는 어찌 그리 쉽게 말하는 걸까? 이번만 아니면, 수능만 끝나면 해결할 수 있는 문제들이다.

"형 미안해. 다음에 말하자 그건."

"다음? 언제, 다음 언제? 수능 끝나고?"

"응. 미안해. 형도 알잖아."

그는 슬쩍 웃으며 말을 시작했다.

"알아? 알지. 그런데 너도 알지 않아? 수능 끝나고는 시간이 날 것 같아? 어디 대학 갈지 고민해 볼 거 아니야? 그리고 베이스 쳐야 한다고 바쁠 거고. 그다음에는 크리스마스지. 크리스마스랑 이브에는 여자 친구랑 보낼 거 아니야? 남들처럼? 그리고 SNS에 사진 올릴 거지? 남들처럼. 그러고는 새해. 그러고는 대학 준비. 대학 생활. 언제까지 완벽한 타이밍이 나올 때까지 기다릴 거야? 너 남들처럼 평범하게 살고 싶다고 했지. 평범한 사람들은 그 바쁜 상황에서도 선택을 해. 너는 그냥 평생 나랑은 즐기기만 하고 여자와는 안정적인 생활을 할 생각 아니야? 그냥 두 사람 사이에서 취할 거는 다 취하고, 즐거운 거 아니야?"

"그런 거 아닌 거 알잖아. 나도 노력하고 있다고."

형은 집의 문을 연다. 여전히 사람 사는 집처럼 느껴지지 않는 무채색의 공간에 주황빛의 스탠드만이 켜져 있다. 검은 테이블 위에는 회색 공책과 검은 만년필이 올려져 있다. 그는 회색 소파에 앉았고, 나는 그와 한 칸 떨어져서 앉았다. 민무늬의 검정색 머그잔에 이름 모를 차를 따라주었다.

"노력? 내 눈에는 그저 책임을 회피하는 걸로 밖에 보이지 않아. 과정도 중요하지. 그런데 때로는 선택해야 할 때도 있어. 상대방을 위해서. 나는 충분히 이야기했다고 보는데?"

"책임을 회피하는 걸로 보여 내가? 그래서 형을 힘들게 한다고? 언제는 우리가 어떤 책임도 질 필요가 없다고 하더니. 그래서 미성년자일 때부터 술·담배 다하고 나한테도 권한 거 아니었어? 이제 와서 자기 불리하니까 책임을 져야 한다는 거야?"

"그건 다르지."

"뭐가?"

"내가 말한 책임을 질 필요가 없다는 것은, 선택 자체가 책임이 되기 때문이야. 그러니 따로 책임을 질 필요가 없지. 술·담배? 그래 그건 도덕적 책임감을 느낄 필요가 없지. 왜냐하면 이미 내 건강을 해치고, 걸리면 법적으로 처벌을 받으니깐. 그리고 그동안 다른 거를 하겠다는 선택지를 포기했으니까. 그런데 너는 어떤 선택도 하지 않고 있잖아. 선택을 해. 그리고 책임을 져. 나한테 책임을 지라는 게 아니라 선택으로서 책임을 지라고. 선택을 하지 않으면 어떤 것도 결론이 나지 않아. 그냥 평생을 그렇게 살 뿐이야. 삶과 죽음 사이에는 선택이 있다는 말 알지?"

"선택? 정말 내 앞에 선택지가 있어서 선택만 하면 된다고 생각해? 사랑하는 형, 아니면 나에게 보통의 삶을 선물해 주는 그녀? 아니. 형, 그건 허상이야. 우리는 어떤 것도 선택할 필요가 없어. 삶과 죽음 사이에 있는 건 선택이 아니라 그저 인간이야. 선택은 결국 선택지 중에 고르는 것이라서 우리가 생각하지 못한, 상정하지 못한 행동들은 인정하지 않게 돼. 결국 정해진 행동밖에 하지 못한다고. 하지만 우리는 그 어떤 행동을 하더라도 인간으로서 살아갈 수 있어. 우리가 해야 할 것은 선택이 아니라 행동이야. 결국 인생은 선택을 해야 하는 객관식이 아니라, 자신만의 답을 행하는 주관식이야. 우리는 행동을 할 뿐이야. 선택이란 건 거기에 뒤따라서 붙는 꼬리표 같은 거지."

"너는 행동한다고 하지만, 어느 방향으로도 가지 않은 상태로 가만히 있을 뿐이야. 그래, 너 말처럼 우리가 모르는 수많은 선택지가 있다고, 그래서 우리는 고르는 게 아니라 그저 행동해야 한다고 치자. 그런데 너는 지금 무슨 행동을 하고 있지? 모두가 각자의 길을 찾아서 흘러가고 있어. 그런데 너는 언제까지 멈춰서 고민만 하고 있을 거야? 모두와 같은 방향으로 가고 싶다면 포기하고 그쪽으로 가고, 사랑을 위해서 맞서 싸울 거라면 모두의 뜻을 거슬러. 네가 약하다면 안정적인 일을 하고, 강하다면 모두의 뜻에 반해서 행동해. 네 말처럼, 행동을 하렴."

"형. 흐르는 물결 속에서 가만히 있는 게 얼마나 힘든지 알아? 끝없이 죽어라 헤엄쳐야 해. 너무 빨라도, 너무 느려도 안 돼. 형의 말대로라면 안정적으로 흐름을 따르거나, 거칠게 거스르거나 해야겠지. 그런데 모두가 선택을 하라고 한다면? 형은 지금 우리가 같은 동성애자라고 생각하지만 내 생각은 그렇지 않아. 내 눈에는 형도 결국 나한테 선택하라고 하는 다수의 사람 중 한 명일 뿐이야. 거스르라고 했지? 그렇기에 나는 얼른 선택을 하라는 말에 거스르는 행동을 하는 거야. 이게 내가 하고 있는 일이야. 형은 내가 멈춰 있다고 하지만 나는 살아있어. 단지 보이지 않는 다른 방향으로 움직이고 있을 뿐이야."

"선택하라는 말에 거스르는 행동을 한다고? 그건 그저 궤변일 뿐이야. 지한아. 내가 말한 행동과 네가 말한 행동은 같은 뜻으로 쓰이지만, 다른 것을 의미하고 있어. 지금 너의 행동은 수동적이고 무책임해."

"형이야말로 궤변이지. 두 개의 행동은 다른 것을 의미하고 있지만, 그렇게 치면 세상에 모든 행동이란 단어는 각 상황에서 항상 다른 것을 의미해. 그리고 다른 것을 의미한다고 해서 그것이 틀렸다고는 할 수 없어. 사람들은 그 차이까지 감안하고 언어를 사용하는거야."

"당연히 틀린 게 아니지. 그렇지만 나를 위해 맞춰줄 수 있지 않아? 너는 너만 다른 것처럼 말하지만, 우리는 모두 달라. 그리고 사랑한다면 서로를 위해 다른 점을 참고 맞춰가면서 배려하고 사는 거야. 때로는 자기 뜻을 굽히면서. 그게 사랑이고 희생이야."

"사랑과 희생이 같은 걸까? 그리고 정말 같은 거라면, 형은 왜 나를 더 기다려 주지 않지? 형은 충분히 기다려 준 것처럼 말하지만 내가 바라는 기다림은 훨씬 더 큰 것이라면? 그렇다면 형은 결국 나를 그만큼 사랑하지 않는 것 아닐까?

그리고, 당연히 모두가 다르지. 하지만 말이야, 모두가 똑같은 정도로 다르지는 않아. 흰 도화지에 100개의 점이 랜덤하게 찍는다면 어떤 점들은 비교적 뭉쳐있고, 어떤 점은 비교적 떨어져 있겠지. 아무리 서로 다른 위치에 찍혀있다고 하더라도 말이야. 만약 균일하게 찍혀있다면 그건 진짜 무작위가 아니겠지. 왜냐하면 모든 점이 다 균일하게 다른 위치에 찍힌다면, 결국 100번째 점이 어디 찍힐지는 예상이 가능하게 되잖아. 랜덤의 모든 경우는 독립 시행이야. 형은 나와 비교해서 다른 점들과 조금 더 가깝게 찍혀있겠지. 그러니까 그렇게 당당하게 맞춰달라 말하는 거고. 당연하다는 듯이."

"하지만 현실의 점들은 계속 영향을 주고받으며 움직여. 항상 네가 소수는 아니란 뜻이야. 너는 너만 다른척 하면서 회피하고 있어. 수동적이고 무책임하게."

"형 눈에는 내가 그저 회피하고 있는 것처럼 보이겠지만 사실 난 최선을 다해서 행동하고 있어. 내가 언제 형을 실망하게 한 적 있어? 한 번이라도 약속을 거절한 적 있어? 내가 책임을 지지 않고 즐기고만 있다고? 그 눈초리를 받으면서도 최선을 다해 시간을 쪼개어가며 모든 걸 다 내어주는 나에게 그렇게 말할 수 있어? 형이 가진 이상향에서 벗어나서 현실의 나를 바라봐. 본인이 원하는 이상적인 선택을 하지 않는 내가 아닌, 현실에서 최선을 다하는 나를 봐줘. 이상의 부재에 가려진 현실의 존재를 봐주면 안 돼? 내 입장에서도 생각을 해봐. 그리고 그러는 형은, 정말 형이 하는 모든 선택이 나를 위한 행동이었어? 지금 나를 이렇게 몰아붙이는 거는? 내 죄책감을 이용해서 나를 괴롭히는 건? 서로 자기 원하는 대로 하는 건 피차일반 아니야?"

"맞아, 네 말이 다 맞아. 나도 내 나름의 최선을 다했지만 항상 너를 위하진 않았어. 너한테는 충분히 그렇게 느껴질 수 있겠다. 네가 정말로 내가 희생하지 않는 다고 느껴진다면, 내가 너를 위해 한 노력이 사실은 별거 아니라고 생각한다면, 이제라도 너를 위해 희생해 줄게. 늦어서 미안해.

좋아, 그렇게 하면 되겠네 우리. 그만하자 이제. 네가 결정 내리기 힘든 것 같아서 대신 말해 주는 거야. 너는 계속 나와 그 애 사이에서 고민하고 힘들어할 거야. 그리고 나와 그 애는 계속 너를 못살게 굴겠지. 그래. 내가 떠나줄게. 너를 위해서. 너를 사랑해서 떠날게. 또, 나를 위해서. 이게 내 선택이야. 지한아."

"형, 그런 말이 아니잖아. 힘들어도 살아가는 게 삶이고 사랑이야. 왜 포기하려고 해?"

"힘들게 하기 싫은 게 사랑이야. 이별조차 사랑이 되는 거지. 포기할 수 있는 것도 용기야. 이건 단순한 회피가 아니라, 우리 모두를 위해 고통을 감내하고 희생을 하는 거야."

"어차피 희생을 감수하고 고통을 감내할 거라면, 그냥 같이 있으면 되잖아? 나는 아무리 아프더라도 계속 보고 싶어."

"나는 네가 아픈 모습을 계속 보기 싫어."

떨리는 그 말을 끝으로 그는 집을 나갔다. 그게 빛나는 그의 눈을 마주한 마지막 순간이다. 분명 논리에는 어떤 결함도 없었다. 결정도, 결정하지 않는 것도 희생이었고, 책임이었으며, 사랑이었다. 모든 것이 제대로 흘러갔고 이상이 없었다. 그러나 이상하게도 나는 그를 잃었다. 그가 없는 그의 집에서 한참 동안 기다렸지만 그는 오지 않았고, 나는 나의 집으로 돌아왔다. 부모님은 안 계시고 그들의 물고기만이 반겨주는 집으로. 그렇게 싫어했던 답답한 온기는 사라지고 아무도 남지 않은 집으로. 끊임없이 울리며 나를 괴롭히던 핸드폰이 조용하다. 핸드폰의 숫자는 22:00.

29.

교실 앞에 붙은 숫자는 1. 그 위로 주황빛 그림자가 진다. 교실 앞에 붙은, 모든 지역의 대학이 적혀있는 지도를 보고 있다. 아이들은 대학의 이름을 가지고 놀고 있다. 이 대학의 이름은 너무 웃기고 지잡대 같다거나, 저 대학은 네가 갈 것 같다거나, 그걸 들은 아이는 말도 안 된다는 말을 하면서도 내심 불안해하며 시간을 보내고 있다. 그걸 원동력으로 다시 공부를 시작했다. 이제 와서 공부한다고, 또 공부를 안 한 다고 달라지는 것은 없다고들 한다. 그렇게 버라이어티하게 달라지지 않기 때문에 평소의 컨디션을 유지하는 것에만 집 중하라고들 한다.

그러나 아이들은 끝까지 문제에 문제를 이어 나갔다. 해 답 뒤에서 새로운 문제를 찾아나갔다. 평소에 잘했으면 좋 았겠지만, 그렇게 모든 것이 말처럼 쉽다면 지금쯤 세상은 유토피아가 되어 있을 것이다. 하지만 세상에 유토피아란 없고, 평소에 공부 대신 다른 유익한 활동을 했다고 우리들 은 믿었다. 그리고 어쩌면 그것은 사실일지도 몰랐다.

국어 문제집을 꺼내어 다 못 푼 문제들을 풀기 시작했다. 이미 그 지문에 나온 이야기는 다 아는 내용이었다. 나는 책 을 사면 그곳에 들어있는 지문들을 즐겨 읽고 했다. 익숙한 지문이지만 익숙하지 않은 질문이었다. 질문들은 지문들을 해체한다. 의미, 상징, 문법, 내용, 주제, 주장. 모든 것을 파 악해야 한다. 문학이라면 느끼고 우리에게 감정을 경험시켜 주는 것 아니었나 싶지만, 그런 의문은 사치다. 그건 내가 수 능을 중요하게 생각하지 않아도 될 만큼의 돈, 배짱, 전망이 있어야지만 가능한 의문이다. 만들어진 질문들을 풀고, 마 음속에 떠도는 의문들이 어떤 질문으로도 영글어지지 않도 록 정신을 바짝 차려야 했다. 샤프심이 부서진다. 튄 샤프심 은 교실 문 바로 앞까지 날아갔다.

교실 문이 열렸다. 선생님은 놀라신 얼굴로 달려오셨다. 그의 손에는 수험표가 들려있었다.

"지한아."

그는 놀란 얼굴을 바로 흘려보내고 표정을 굳히셨다.

"짐 싸서 교무실로 오렴."

짐을 얼른 쌌다. 다 못 푼 문제집들로 가방이 가득 찼다. 더 이상 소설책은 들어가지 않았다. 심이 부러진 샤프도 필통에 집어넣은 뒤 가방에 넣었다. 선생님의 뒤를 따라갔다. 복도에는 나와 그밖에 없었다. 다른 반은 모두 수험표를 배부받고 있었다. 회색 복도는 끝이 없는 듯 길게 느껴졌고 복도 바닥에 비치는 조명의 불빛도 끝이 없게 느껴졌다. 그 빛나는 점들은 멀어질수록 점이 아닌 선이 된다. 그 선 위를 걸어갔다.

교무실이 아닌 밑으로 계속 내려갔다. 계단 밑의 계단으로 내려갔다. 학교를 나와서야 말을 꺼내셨다.

"여기 휴대폰."

그의 손에는 나의 휴대폰이 들려있다.

"할머니가 돌아가셨다고 한다. 잘 보내드리고 오렴."

나는 집으로 가서 부모님께 문자를 보냈다. 그들은 당장 오라고 했다. 나는 교복을 입고 가도 되는지 물었지만, 아무런 답장이 없었고, 나는 그냥 그 상태로 다시 집 밖으로 나왔다. 지하철을 타고 해운대로 갔다. 지하철의 유리창은 밖이 너무 어두워 내 얼굴이 비쳤다. 빛들이 지나갔다.

회색빛 사람들 사이로 하얀 병원이 빛난다. 살아있는 사람들은 병원을 지나쳐 간다. 죽어가는 사람들은 지상층에서, 죽은 사람들은 지하에서 우리를 기다린다. 장례식장은 지하에 있다. 검은 사람들이 지하로 내려갔다. 나의 교복은 회색이고 붉은 넥타이가 포인트다. 아버지는 검은 옷을 입고 팔에 무언가를 차고 있다. 줄이 세 개. 어머니는 검은 한복을 입고 있었다. 어머니는 나에게 검은 양복과 검은 넥타이를 건네어 주셨다. 밖에는 사람들이 음식을 먹고 있다. 방에는 할머니의 사진이 있고, 하얀 꽃이 그 주위를 감싼다. 방안에 방에는 내가 검은 옷을 갈아입기 위한 곳이 준비되어 있다. 나는 물 흐르듯 자연스럽게 안으로 빨려 들어갔다. 옷은 어색함이 무색하게 유려하게 입혀졌다. 처음 보는 사람들이 밖에서 밥을 먹고 있다. 처음 들어온 사람은 방으로 들어와 사진을 향해서 절을 했다. 옆에 서서 몇 시간이고 그 모습들을 지켜봤다. 모두가 눈물을 흘리고, 또 눈물을 그친다. 나는 흘리지도 그치지도 않았다. 할머니의 사진은 아직 젊고 아름답게 웃고 계신다. 그녀는 죽은 것 같지 않았다. 너무 많은 사람들이 있다. 나는 술을 조금씩 받아 마셨다. 이런 건 어른이 가르쳐 주는 거라고 하셨다. 얼굴이 붉게 달아오른다. 나는 할머니가 음식을 억지로 권하실 때 그 얼굴이 달아오르는 느낌이 싫어서 한사코 거절했다. 그녀는 아픈 와중에도 나를 보며 밥을 많이 먹으라고 하셨다. 한쪽에는 몸에서 나오는 오물을 받으려고 팩을 달아놨으면서 나에게 그 손으로 생선 가시를 발라 주셨다. 나는 타인의 손으로 바른 그것이 싫었지만, 누구도 실망하게 하기 싫었기에 받아먹었다. 그녀는 지금 여기 없다. 사진만이 웃고 있다. 공기마저 멈춰있다.

너무 답답해서 잠시 바람을 쐬러 밖으로 나왔다. 지하이지만 상부를 오픈해서 만든 야외 공간이다. 아직 담배 냄새가 남아있다. M의 방에 있던 담배들. 그는 집에 들어갔을까? 할머니는 다시는 집으로 들어오시지 않을 것이다.

휴대전화에는 문자가 잔뜩 와 있었다. 동아리 단체 방에서 거친 말들이 오가고 있었다. 무슨 일인가 싶어서 스크롤을 올린다. 한참을 올려서 내용을 확인한다.

3학년이 없던 사이 회장인 T는 2학년들과 연습을 꾸준히 하고 있었다. 그녀의 집념도 대단하다 생각했다. 2학년들은 연습을 군말 없이 따라왔지만 회장인 T는 그 정도로 마음에 들지 않았다. 그래서 그녀는 2학년 장을 불러서 따로 이야기했다. 그런데 그 과정에서 T 혼자만 간 것이 아니라 그 전대 회장과 그의 친구인 전의 기타 세션 누나도 갔다는 것이다. 그렇게 세 명이 모여서 2학년 장을 갈구기 시작했다. 2

학년 장은 처음에는 죄송하다고 연습을 더 열심히 하겠다고 말했지만, 시간이 갈수록 3명은 더 그를 괴롭혔다. 계속 해서 문자로 그에게 닦달했고, 그 과정에서 다른 동아리 멤버들을 욕했다. 참지 못한 2학년 장은 그 모든 내용을 단체 방에서 말했고, 그 과정에서 T도 참지 못했다. 나머지 두 명도 초대해서 세 명이 속에 있는 이야기 들을 했고, 2학년 아이들은 거세게 반발했다. 나는 그 상황을 보고 2학년 장에게 전화했다. 내가 지금 전화를 하기 힘든 상황이라서 길게는 못한다고 사과하고, 그에게 나머지를 대신해 미안하다고 말했다. 그리고 2학년들이 원하면 나가도 된다고 말했다. 대신 T를 포함한 세 명이 다시는 간섭하지 못하게 할 것이라고 했고, 그 세 명에게는 도움이 필요 없다고 말했다. 죽이 되든 밥이 되든 우리끼리 하겠다고. 선배들의 지극한 정성이 담긴 지원이 아닌, 학교의 기본적인 지원만으로도 공연은 어느 정도 가능하다. 그런 걸 모두 감당하면서까지 지원을 받을 필요는 없다고 생각했다. 그렇게 사건은 일단락이 되었고, 많은 2학년이 동아리를 나갔다. 물론 T도 나갔고 말이다. 우리 동아리는 이제 얼마 남지 않았다. 그 모든 일은 2시간 사이에 일어났고, 나는 야외에서 전화하며 다른 3학년들과 함께 상황을 정리했다. 수능이 얼마 남지 않았음에도 도와준 그들에게 고마움을 전했다.

나갔다 오니 안은 여전히 후텁지근했다. 언제 그랬냐는 듯 꽉 차 있다. 멀리서 여기까지 급하게 와주신 분들도 계셨다. 그들을 언제나처럼 울고 웃었고, 그 눈물과 웃음들은 할머니의 사진 속에 고였다. 내일은 수능이다. 나는 부모님께 조심스럽게 말을 꺼냈다. 그러자 부모님은 그제야 당연히 수능은 가야한다고 말씀하셨다. 아버지는 얼른 공부하라고 하셨고, 어머니는 못 챙겨줘서 미안하다고 말씀하셨다. 방 안의 방으로 들어가 오랜만에 문제집을 꺼냈다. 아침이 너무 먼 과거처럼 느껴졌다. 이 옷을 입고, 이 공간에서 샤프를 쥐는 것조차 어색하다. 그럼에도 문제를 풀어나갔다. 어떤 공백의 소리도 들리지 않는다. 사람들의 웃음소리와 울음소리가 교차해서 들린다. 밖에는 할머니가 나를 기다리신다.

30.

눈을 뜨니 어색한 천장이다. 시계를 확인하고 육개장을 먹었다. 어머니는 보온 도시락에 음식을 담아주셨다. 아버지와 어머니의 배웅을 받으며 택시를 탔다. 여기서는 1시간은 더 걸리기에 일찍 출발했다. 사람들의 눈물이 밴 옷을 교복으로 갈아입었다. 안개처럼 깔린 암울함을 헤치며 나갔다. 택시 밖으로 하늘이 보였다. 깨질 듯이 맑은 하늘을 우울해 보이는 새들이 가로지른다. 패딩을 입고 지하철역으로 가는 학생들이 보였다. 수능장에는 각 학교에서 응원을 나왔다. 우리 학교 후배들도 과자며 초콜릿이며 나눠줬다. 그것을 주머니에 넣었다. 입에서 하얀 김이 나왔다. 하얀 그것은 붉은 입에서 나와 파란 세상을 가린다. 세상이 다시 드러났을 때 이곳은 완전히 다른 곳이 되어있다. 수학능력시험이 시작되었다. 휴대폰을 제출하고 붉은 샤프와 검은 컴퓨터 사인펜만을 올려뒀다. 시험지를 뒤로 넘기고 종이 쳤다. 필적 확인란을 봤다.

"손금에 맑은 강물이 흐르고"

손금에 맑은 강물이 흐르고, 맑은 강물이 흐르고, 강물 속에는 사랑처럼 슬픈 얼굴들이 어린다. 어리면 안 된다. 나는 문제를 풀어야 했다.

국어 지문을 읽었다. 도덕적 운이란 무엇인가. 어떤 사람은 나쁜 천성을 타고 난다. 운이 없게도. 어떤 사람은 나쁜 짓을 할 수밖에 없는 상황에 부딪친다. 운이 없게도. 어떤 사람은 가족이 아닌 예술을 선택했지만, 예술적으로 성공하지 못해서 그저 나쁜 사람으로 남아버린다. 운이 없게도. 그러나 그것을 운이 없다고만 생각해 버린다면, 우리는 그 누구도 도덕적으로 그르다고 탓하지 못한다. 도덕적 판단의 기준이 붕괴하여 버린다. 그렇기에 우리는 그것을 부정해야 하는데, 그 방법은 앞에 든 세 개의 논리를 모두 와해시키는 것이다.

우선 행위는 성품과는 별개다. 성품은 총체적이지만, 행위는 그것과 달리 특정 순간에 하는 활동이다. 도덕적 판단은 활동에 이뤄지는 것이지 총체적으로 결론을 내리는 것이 아니다. 다음으로 나쁜 짓을 할 수밖에 없는 상황을 상정해버리면 안된다. 그렇다면 나쁜 상황에 놓인 사람은 모두 나쁜 짓을 할 것이라 폄하해버리는 결과를 초래한다. 마지막으로 성공의 여부로 도덕적인 판단이 이뤄지는 것은, 단지 그 사람의 악행이 묻히는 것뿐이지 정말로 성공해서 착한 사람이 되는 것이 아니다. 또한 그 사람이 그 선택으로 수만 명을 살리는 사람이 되었다 하더라도 순간의 선택은 악한 것이 된다. 이는 앞에 나온 성품과 행위의 개별성을 따른다. 그렇기에 도덕적 판단은 운을 차치하고 이뤄진다.

이제 이뤄져야 할 건 이 글이 옳은가 그른가에 대한 판단이 아니다. 도덕적 운에 대한 깊은 생각이 필요하지 않다. 지문에 있는 정보를 활용해 문제를 풀어나가야 했다. 글쓴이와 도덕적 운을 주장하는 철학자들 사이의 차이점을 찾아야 했다. 글쓴이가 인정해 주는, 도덕적 평가가 불가능한, 스스로 통제할 수 없는 경우는 어떤 것인지 찾아야 했다. 똑같이 팀워크를 깨고 단독 행동을 했지만, 한 명은 좋은 결과를, 한 명은 나쁜 결과를 낸 경우에 달라지는 대우에 대해 이야기해야 했다. 기반, 거론, 개입, 국한, 폄하의 의미를 알아야 했다.

국어 시험의 평가 기준은 우리가 글에서 얼마나 정보를 잘 뽑아내는 가다. 이어지는 문학 지문도 다르지 않다. 우리가 봐야 할 건 문장과 문장의 연결, 그 흐름이 아니다. 그것에서 어떤 시대적 배경을 띄고 있는가, 해설자의 시선으로 보았을 때 어떤 의미를 가지는 가를 찾아야 했다.

최승호 시인께서 수능에 대해 말한 것이 인상적이었다. 시에서 이미지는 살, 리듬은 피, 의미는 뼈라고 했다. 그러나 수능 문제는 그 뼈에 대해서만 말하며, 본인의 시를 다룬 문제를 직접 풀었는데 다 틀렸다고 말했다. 그러나 지금 중요한 것은 그게 아니다. 문제를 풀어 나가야 했다. 고민할 시간은 없다. 문제에 대해서 생각하면 안 된다.

수능 공부할 때는 국어가 가장 적은 비율을 차지했지만, 실제 시험에서는 국어 문제를 풀고 나서 시간이 어떻게 흘러갔는지 모른다. 각 문제에 알맞은 공식들을 기억해 내야 했다. 숨어있는 문제의 유형들을 찾아내고 알맞은 방식을 떠올려야 했다. 극한으로 다가가야 하고, 극도로 잘게 쪼개거나, 끝없이 쌓아 올린 결과를 봐야 했다. 변화를 구하고, 얼마나 변하는지를 구해야 했다. 변화량이 얼마큼 변하는지도 봐야 했다. 그 변화량을 다시 현재 정도에 대한 식으로 바꾸기도 해야 하고, 그런 과정들 속에 쓸데없는 알파벳이 튀어나오는 걸 지켜만 보기도 해야 했다. 다시 풀어야 하나 싶기도 하지만, 처음부터 다시 하기엔 막막하다. 때로는 나의 풀이와 최대한 비슷해 보이는 결과를 찍기도 해야 한다. 뒤돌아봐서는 안 된다.

점심은 혼자 운동장 계단식 의자에 앉아서 먹었다. 보온 도시락에는 아직 따뜻한 육개장이 들어있었다. 찬 공기 속에 뜨거운 국물을 먹으니 이제야 현실 같았다. 아침에 나온 장례식장이 너무 멀리 느껴졌다. 시험을 마치고 집에 돌아가면 할머니가 귀찮게 시험에 대해 여쭤보실 것 같았다. 일회용 수저를 다시 봉투에 넣고, 도시락 뚜껑을 닫았다. 'M과 S는 시험을 칠 때 어떤 기분이었을까? H는 시험을 잘 쳤을까? 아마 친구들과 같이 밥을 먹고 있겠지.' 세상은 회반죽을 섞은 듯 무채색에 가까웠다.

영어 듣기 문제들은 늘 쉽지만 조금만 생각에 잠기면 놓친다. 마음을 가볍게 먹고, 답이 나오면 바로 다음 문제로 넘어가야 했다. 문제 자체는 국어의 쉬운 버전이다. 가끔 생소한 단어를 마주치면 당황하기도 한다. 그러나 당황해서는 안 된다. 앞뒤의 내용을 보고 중간의 값을 파악해야 했다. 그러나 갑자기 끊어진 함수 그래프처럼, 극한값과 실제 값이 다를 수도 있다. 그럴 때는 틀릴 수밖에 없다.

선택 과목과 한국사는 시험시간이 짧다. 템포가 빨라진다. 점점 긴장이 풀렸다. 끝나는 것이 느껴졌다. 긴장을 풀어서는 안 된다. 간단한 상식 수준의 문제부터 수학 문제가 아닐까 싶은 복잡한 계산 문제까지 풀어갔다. 자연에서의 식들은 괴이한 형태를 띠지만 또 모든 것이 맞아떨어진다. 우리가 배우는 건 딱 거기까지다. 결과를 내릴 수 있는 정도의 깊이와 정도까지. 한숨 소리들이 들렸다. 이제야 내쉬는 건지. 이제껏 내쉬었지만 이제야 들리는 건지.

마지막 종이 쳤다.

아무렇지 않은 것처럼 모두가 짐을 챙겼다. 실감이 나지 않았다. 상상 속에서는 다들 소리라도 지를 줄 알았다. 꽃가루도 없고, 축포도 없다. 12년 가까이 되는 인고의 시간을 끝내고 맺힌 열매는 안에 무거운 씨앗을 품고 있었다. 혼자 학교를 나섰다. 기다리는 학부모들과 친구들이 보인다. 다들 어땠는지 정신없게 이야기를 나누고 있다. 머리에서 무언가 지워졌다. 멍한 정신 사이로 바람이 새어 들어왔다. 길게 퍼진 구름의 주름 사이로 붉은빛이 스며든다. 바쁘게 왔던 길들을 다시 돌아갔다. 아침에 보이던 것과 같은 풍경들. 하지만 더 이상 올 일이 없는 이곳. 집으로 돌아가 옷을 갈아입고, 장례식장으로 향했다. '언제 이렇게 추워졌을까.' 지구의 그림자가 땅을 전부 뒤덮는다. 가로등이 켜졌다.

31.

할머니의 관을 실은 리무진이 앞서간다. 그 뒤로 살아있는 사람들을 실은 장례식장 버스가 따라간다. 온통 검은 옷을 입고 있는 사람들이 탄 버스라니. 색색으로 살아있는 사람들의 차들 사이를 지났다. 우리의 일상이 담긴 서면을 지나고, 더 멀리 갔다. 이제 더 이상 울 힘도 없는지 모두가 조용하게 눈물만을 흘렸다. 평소에 그렇게 많은 사람이 죽는데 왜 이런 버스는 한 번도 본 적이 없을까?

같이 탈 사람이 없는 나는 혼자서 앉아 있다.

내릴 때가 됐다. 사람들은 우리들 곁에서 같이 화면을 봤다. 화면에는 한 관이 나와있고, 그 관이 안으로 들어가는 모습이 나온다. 그리고 태우기 시작한다. 화면도 여러 개, 관도 여러 개다. 사람들은 건강을 잃었을 때 울었고, 생명을 잃었을 때 울었으며, 이제 육체를 잃어서 울고 있다. 그러나 그 이름을 잃었을 때는 아무도 울지 않을 것이다. 다 타기를 기다리는 동안 밥을 먹었다. 날이 추워서 밥을 먹어도 얼굴이 그렇게 달아오르지는 않았다. 어른들은 여전히 내게 밥을 많이 먹으라고 말했다. 밥을 다 먹고 다시 그녀를 찾아갔다. 가루가 된 그녀를 빗자루로 쓸어 담았다. 하얀 가루들을 하얀 빗자루로. 그것을 우리에게 건넨다. 그것을 들고 공원으로 갔다. 경사로 된 공원은 페루 같은 고산지대에 있는 유적 같다. 경사마다 한자리씩 죽은 이들의 가루를 넣어놓는다. 각자 원하는 디자인으로 나무를 심고 꾸며놓았다. 어디에 들어가든 햇빛이 잘 비칠 것이다. 그녀를 넣고 뚜껑을 닫았다. 돌로 된 뚜껑에는 가족사진이 각인 되어있다. 이상하게 찍혀서 보기 싫었던 그 가족사진이, 이제는 평생 거기서 나를 기다릴 것이다. 그녀는 거기 머무른다. 그것과 함께. 슬픔도 거기 함께 머무르며 언제나 같이 찾아올 것이다.

사람들은 끝에 끝까지 운다. 상실은 당연했지만, 사랑은 당연한 것을 새롭게 하고 새로운 것을 당연하게 한다. 사랑은 결국 사라질 찰나의 순간을 향하여 필연적 이별을 만들지만, 그 순간에서 영원을 발견하고 잃을 것을 앎에도 계속하게 하는 것, 그것도 역시 사랑이다. 세상에는 당연한 사랑도, 당연한 상실도 없다. 한참이 지나 자리를 떠난다. 그녀를 거기에 두고 떠난다. 까마귀들이 다른 이의 묘에 있는 남은 음식들을 주워 먹는다.

32.

수능이 끝나고 공연을 했다. 무대에 처음 섰을 때는 떨렸었다. 귀에서 들리는 그 소리가 너무 심하게 났다. 어두웠지만 관객들 한명 한명이 너무 잘 보였다. 관객석은 무대가 잘 보이게 디자인되었다. 그렇기에 무대에서도 관객석이 너무나 잘 보인다. 모든 얼굴과 눈들을 마주한다. 이제는 익숙해졌다. 드럼 스틱을 세 번 두드리고, 그 박자에 맞게 연주를 시작했다. 그 커다란 소리에, 다른 소리도, 눈빛들도 잊힌다. 모든 것이 하나가 되어 버린다. 그럼에도 다른 소리에 끌려

가서는 안 된다. 다른 소리와 맞추더라도 나만의 페이스로 연주해야 한다.

마지막 곡까지 끝났고, 그제야 시간이 다시 흘러가는 것을 느꼈다. 사람들은 베이스 소리를 듣지 못했을 것이다. 베이스는 열심히 소리를 내고 있지만 잘 들리지 않는다. 높은 소리는 작아도 잘 들리지만, 낮은 소리는 아무리 커도 잘 들리지 않는다. 남들과 똑같은 크기로 소리를 내어서는 아예 들리지 않는다. 관심을 가지지 않으면 들을 수 없다. 이제는 그런 것에도 익숙해졌다. 들리지 않는다고 연주를 멈춘다면 공연은 완성되지 못한다.

공연은 무사히 끝났다. '무사히'의 기준은 다 다르겠지만, 나로서는 조금 어색하고, 실수를 하더라도 곡이 끝까지 연주되었으면 그걸로 만족한다. 완벽한 공연이란 건 불가능하다. 불완전함을 아는 것이 지식이고, 그렇기에 포기하는 것은 지혜이다. 그럼에도 도전하는 것은 사랑이자 생명이다. 하지만 이 기준조차 명확하지 않다. 지인들은 불완전하지만 끝까지 공연을 진행한 것에 박수를 보냈고, T는 불완전할 것으로 생각해서 끝까지 최선을 다하지 않은 것에 불만을 표했다. 밴드부의 몇몇 선배들은 불완전한 실력으로 공연을 포기하지 않은 것을 이해하지 못했고, 다른 몇몇은 그럼에도 공연을 하고 싶어 하는 열정을 칭찬했으며, 다른 누군가는 그럴 거면 연습을 더 하지 그랬냐며 핀잔을 주었다. 그럼에도 연습했고, 그럼에도 모든 것을 바치지는 않았고, 그럼에도 각자의 위치에서 최선을 다했고, 그럼에도 부족한 무대를 보여줬고, 그럼에도 무대를 올라가고 싶었고, 그럼에도 연습에 모든 걸 바치지 않았고…. 무엇이 열정이고, 사랑이며, 지혜이고, 생명일까. 모든 것은 너무나도 복잡하게 얽혀서 명멸하므로, 우리는 끝없이 그사이를 유영하며 살아갈 수밖에 없다. H와는 헤어졌다.

대학교에 들어갔다. 본가에서 조금 떨어진 대학교여서 자취를 시작했다. 부모님은 나름 비싼 오피스텔을 잡아 주셨다. 시설도 깨끗하고 벌레 걱정도 없었다. 사람이 많이 모이는 곳에는 벌레도 같이 살아가기 마련인데, 오피스텔은 술집들에서 떨어져서 더 높이 있었다. 그리고 대학교에 들어가는 기념으로 안경을 벗었다. 렌즈를 끼기 시작했고, 교정기를 뺐다. 머리를 기르고 펌을 했다. 흔히 말하는 게이처럼 비비크림이랑 선크림, 색 있는 립밤을 발랐다. 바람이 불면 힘없이 휘날리던 교복을 벗고 나의 몸에 맞는 옷들을 찾아 입었다. 이제는 여자 친구가 없어도 사람들과 동류로 보였다. 나에게 더 말을 많이 걸기 시작했다. 또 그들의 취미도 달라졌다. 여전히 피시방이나 당구장, 볼링장은 갔지만, 한가지 루트가 더 생겼다. 술.

당당히 술을 마시는 나이가 되면서 그들은 술을 밤낮으로 마셨다. 처음 자위를 배운 원숭이처럼 질리도록 술을 마셨다. 다행히 나도 술은 조금 마실 수 있었다. 술을 마셔서 분위기가 좋을 때 남들 말에 맞장구만 쳐준다면, 어느새 친구가 되어있다. 많은 친구와 노는 사람들은 평소에 자신들의 역할이나 대화의 결에 대해서 진지하게 생각해 본 적이 없을 것이다. 물에서 헤엄치는 물고기가 진지하게 어떻게 수영을 해야 하는지 고민하지는 않듯이. 본능에 따라 행동하면 된다. 우리는 의식하며 걷지 않는다. 그러나 나같이 밖에서 그 대화들을 본 사람은 흐름을 읽고 어떤 곳에 무슨 말이 적절한지 고민했었다. 대화의 흐름 사이사이를 분석해서 파고들도록 연습했다. 그렇게 적당할 때 남들과 다른 의견을 말하면서 파고들면 개성까지 있는 최고의 친구가 된다. 다만 너무 다르면 안된다.

사람들은 차이를 사랑한다고 말하지만, 사실 그것은 진정으로 차이를 사랑하는 것이 아니다. 단지 사랑이 차이를 포용하는 것이다. 이제껏 무시되어왔던 차별점들은 그들의 사랑으로 포용 되었다. 그럼에도 모든 다름을 고백하지 못한 것은 그들의 사랑이 그 정도로 크지 않음을 알기 때문이었다. 기준을 벗어나 버린다면 눈에 들어오지조차 않는다. 수용할 수 있을 정도의 차이. 그 차이에서 그들은 자신의 사랑이 어느 정도 되는지 가늠하며 즐거워한다. 그 기준선은 시시각각 변하기에 나는 매 순간 스포츠를 하듯 간극을 좁혔다 늘리기를 반복했다. 그러면 흐름은 내 것이 되어있었다.

이전에는 지루하게 여겼던 음악, 미술, 전시, 영화 들을 이제는 문화생활이라며 별미로 취급했다. 관람하고 술을 마시며 그것에 대해 이야기하는 것. 그건 내가 M과 줄곧 해오던 것이었다. 나에겐 지겹도록 익숙했다. 몇몇 여자들은 나에게 그런 걸 좋아하는 남자애는 처음 본다며 같이 보러 가자고 말했다. 그러면 몇몇 남자애들은 이제 지루해진 축구와 게임을 뒤로하고 다 같이 전시를 보러 가자고 말했다.

대학교의 첫 1학기는 그렇게 수월하게 흘러갔다. 자취방에 들어갈 틈이 없이 날마다 놀러 다녔다. 차 있는 친구의 차를 빌려서 다른 도시에도 볼만한 게 있다면 수업을 빠지고서라도 갔다. 그러고는 며칠 밤을 새워가며 술을 마셨다. 시험공부하려고 모였다가도 술을 마셨고, 영화를 보고 나서도 술을 마셨다.

때론 여자와 같이 걷기만 해도 소문이 퍼졌지만, 그 소문은 더 이상 특별한 것이 아니다. 한 명의 여자와 같이 다니면 소문이 오래가지만, 여러 명이 서로 번갈아 가면서 같이 다닌다면 그 소문은 점점 고유의 색을 잃고 흙탕물이 되어버린다. 사람들은 명확한 것을 좋아한다. 예를 들면 누가 게이라던가. 말이 나오더라도 사랑이 아니라고 말하면 모든 것이 해결되었다. 설사 수십 명의 이성과 정신적 교감을 나누더라도 "걔는 진짜 아니야. 걔는 그냥 동성이야." 이 말, 혹은 뉘앙스만 풍겨준다면 만사형통이었다.

신기한 점은 어떤 여자애들은 가끔 멋있어 보이려고 스스로를 레즈비언이라고 칭한다는 거였다. 물론 그걸 이용해서 진짜 레즈비언인 걸 숨기는 여자애도 있었다. 그러나 자신이 레즈비언이라고 하던 많은 여자아이들은 털털함을 이용해 남자들을 끼고 놀았고, 힙한 옷을 입고 다니며 담배를 피웠다. 그러나 나는 그럴 수 없었다. 이 문화에서 레즈비언은 힙하고 특별한 존재였지만, 게이는 특이했다. 욕이었고, 병명이었다. 혹은 정신병자의 변명이었다. 나는 걸릴 일이 없었다. 여자들이 많았기 때문이다. 잘생긴 남자와 같이 걸어도, 어떤 접촉을 해도 큰 문제가 되지 않았다. 세상이 너무 쉽게 느껴졌다.

하지만 집에 돌아왔을 때 그곳은 너무 고요했다. 그림자의 숨소리마저 들린다. 귀에서 나던 소리는 이전보다 훨씬 커졌고, 심장은 검고 크게 흘러넘칠 것만 같았다. 가슴이 답답했다. 노래를 들어도 책을 읽어도 집중할 수 없었다.

33.

방학을 맞이하고 처음 본가로 왔다. 부모님은 출근하셔서 이곳도 크게 다르지 않다. 그런데 여기는 물소리가 들린다.

소파에 걸터앉아서 물고기들을 본다. 수조가 훨씬 많아졌다. 물고기를 보다 보니 어제의 술기운 때문에 어지러워졌다. 어머니가 차려놓고 가신 아침밥은 손도 대지 못했다.

가만히 눈을 뜨고 누워있다. 창은 있지만 햇빛이 들지 않아 흐릿하게 어두운 천장. 천장은 사정없이 휘몰아치며 나를 덮쳤다. 눈을 감으면 눈꺼풀이 나를 덮쳤다. 누군가 하나는 꼭 나를 덮쳐야 성이 풀리나보다. 염치없지만, 공허했다. 누군가의 말처럼 하고 싶은 거 다 하고 살았을 텐데 말이다. 유복하고 사랑받는 집안에서 태어났으며, 여자 친구도 사귀고 남자 친구까지 만났다. 대학도 적당히 들어갔고, 힘든 사회생활에 연루된 것도 아니다. 사랑받았고, 사랑했다. 나는 부족한 게 없었다. 그럼에도, 몸에서 무언가 흘러내리는 기분은 막을 수가 없었다. 더 이상 그 무엇도 중요하지 않게 느껴졌다. 모든 것들이 사실 별것 아녔다는 생각들. 창문을 열고 밖을 내려다보니, 사람들이 물고기만큼 작아 보였다.

언젠가 M이었나 S였나, (둘 다 거짓말처럼 사라졌다) 둘 중 한 명이 나에게 체호프의 총에 대해 말한 적이 있다. 소설가 안톤 체호프는 1장에서 총을 소개했다면, 2, 3장에서 반드시 총을 쏴야 한다고 말했다. 복선 같은 것이다. 완결성을 위해서는 꼭 그래야 한다. 만약 다시는 사용되지 않을 총이 들어간다면, 그 글은 지저분한 글이 된다. 또 앞에 등장하지 않은 총이 갑자기 소재가 되면 그 글은 불친절한 글이 된다. 글은 논리로 짜인 그림이다. 그래서 그는 나에게 평소에 자기 일상이나 인생에 대한 글을 적어놓으라고 했다. 생각들이 정리가 된다고. 나는 여전히 그 이유를 잘 이해하지 못했지만, 어쩌면 마지막일지도 모르기에 속는 셈 치고 글을 적기 시작했다. 무언가가 흘러내리는 그 구멍의 출처에 대해서.

20년 동안 켜켜이 쌓아온 시간의 판들을 차례로 깨어가며, 마음에 구멍을 낸 총알들을 거꾸로 되돌렸다. 시간이 깨지는 소리가 계속해서 이어진다. 얇고 높은 소리는 두꺼운 베이스 소리를 지나고, 학업의 시간을 지난다. 사랑했던 사람들을 차례로 깨며 지나가고, 나를 사랑해 주었던 사람들을 건드리며 지나간다. 기억나지 않는 어린 시절의 감정들을 거슬러 간다. 누가 총을 쏜 건지는 중요하지 않다. 어디서, 어떤 상황에서 나온 것들인지를 본다. 복잡하게 얽혀있는 관계들 사이를 흩트린다. 공기의 흐름을 가로지른다. 분위기 사이를 파고든다. 읽었던 책들을 떠올리고 들었던 생각들을 스치운다. 살아있는 사람과 살아있던 사람들. 타오르던 노을과 단풍, 구피, 그리고 코피. 멀어진 사람들과 가까웠던 사람들. 슬펐던 일들과 기뻤던 일들. 화냈던 일들과 참았던 일들. 감정의 색깔들과 기분의 흐름. 오고 간 대화들과 주고받은 행동들. 유쾌했던 상황과 불쾌했던 상황. 따뜻한 오후와 차가웠던 밤. 빛나던 한밤의 별들과 부서진 햇살의 먼지들. 차분하게 내려앉는 것들과 죽어서 가라앉은 것들. 튀어나와 죽은 물고기와 갇혀서 살아가는 물고기. 넓은 대지와 그것보다 더 넓은 대양. 그리고 태양을 품은 하늘. 물고기. 비행기. 음악. 이야기. 감정. 대화. 눈빛. 아무리 되돌려도 다시는 오지 않을 순간들. 그 모든 것들의 결들을 거칠게 거치며 거슬러 거기까지 도달한다.

부모님 집에서 한 달이 넘게 글을 썼다. 과거를 되뇌는 것은 언뜻 보면 총알을 뒤로 되돌리는 듯 보였지만, 실제로는 반대 방향으로 새로운 총을 쏘는 행위였다. 수백 번의, 수천 번의 총을 쏘고 나서야 그 사실을 알게 되었다. 나는 결국 내가 원하는 과거의 그 자리, 그 공간에 총알을 박아놓았다. 책은 총알 자국이 난 시간의 판이다. 결과가 원인을 만든다. 나는 무수히 많은 행위 들 중에서 내가 설명할 수 있는 것 만을 뽑아서 글을 썼다. 그럴듯한 이유만을 입맛에 맞게 골라서 적었다.

사람은 일기장에도 거짓말을 쓴다고 한다. 거짓을 쓰는 것이냐, 거짓된 진실을 쓰는 것이냐의 차이다. 쓴다는 행위는 결국 단 한 순간도 오롯한 진실을 담을 수 없다. 오히려 진실이라는 단어가 얼마나 허황된 것인지를 증명한다. 우리는 세상을, 타인을, 심지어는 자기 자신조차 온전히 이해하지 못한다. 그러나 중요한 것은 완전한 이해도 아니고, 닿지 않을 진실도 아니었다. 닿으려 하거나, 새로운 길을 찾거나, 포기하거나, 신경 쓰지 않고 사랑하거나 하는 그 모든 행위들. 그 행위들이 사람을 살아가게 한다. 나를 살아나게 했다. 불확실하고 불완전한 세상, 그래서 끝없이 흘러가는 이 세상에서 나는 무엇 하나 잡지 못했다. 그러나, 세상의 흐름에 모든 것을 놓치더라도 나의 손만은 잡아야 한다. 세상의 흐름에 모두가 나를 놓더라도 나만은 나의 손을 잡아야 한다. 방어가 아닌 표현으로. 이것은 스스로에 대한 연민, 합리화, 혹은 죄책감과는 다르며, 타인의 동정과 인정을 받기 위함과는 더더욱 다르다. 내가 나를 잡을 수 있을 때 나의 손이 그곳에 존재하며, 비로소 타인의 손도 잡을 수 있게 된다. 나의 손이 없다면 그 누구의 손도 잡을 수 없다. 나의 눈이 없다면 그 누구도 볼 수 없다. 몸이 없다면 그 어떤 흐름 속에도 존재하지 못한다.

참지 못하고 밖으로 나간다. 오랜만에 보는 햇빛은 지나치게 밝고 현실적이다. 너무 현실적이라 오히려 비현실적이다. 처음 보는 가게들이 많이 있다. 어릴 적 뛰어놀았던 주택가의 골목들은 모두 카페와 술집으로 가득 차서 사람들이 SNS용 사진을 찍고 있다. 학교 옆에 있던 문방구와 작은 주택들은 철거되어 아파트 단지가 되어있다. 젊은 부부와 어린아이들이 산책을 나왔다. 푸르던 하늘은 하얀 건물로 가득 차버렸지만 노란 햇빛만은 그대로다. 책가방을 멘 아이들이 이른 하교를 하고 있다. 아파트 단지 앞 과일 가게에서 아주머니들을 상대하며 과일을 파는 P의 모습이 보인다. 오랜만에 본 P의 얼굴은 이전보다 편안하게 처져있고 푸근한 눈빛으로 변해있다. 얼굴에 남아있는 거무죽죽한 여드름 자국은 화려했던 학창 시절의 흔적을 보여준다. 옆에는 아내처럼 보이는 사람이 나온 배를 부여잡고 일을 거들고 있다. 그와 전혀 다르게 생겼지만, 크고 날카로운 눈을 뚫고 나오는 강인한 생명력은 무척이나 닮았다. 할머니들이 젊은 나이에 임신했다며 걱정하는 소리가 들린다. 그럼에도 그들은 모두 웃고 있다. 나는 들킬까 두려워 얼른 그 자리에서 도망친다. 골목을 나와 횡단보도를 건너 중심가로 향한다. 여름의 공기는 지겹도록 뜨겁지만 대로 위로 펼쳐진 하늘은 슬프도록 시리다. 물고기 떼처럼 갈라지는 사람들 사이로 걸어간다. 꽃가게가 보인다. 한 커플이 그 앞에서 서성거리고 있다. 꽃들에 가려져 주인은 보이지 않지만, 그것은 그리 중요하지 않다. 이미 꽃들이 주인이 되어있다. 네 컷 사진 샵에는 사람들이 꽉 차 있다. 젊음이 지닌 특유의 뜨거움과 따스함을 차가운 스타일의 옷들로 최대한 가리려고 한다. 그러나 그들의 눈에서 나온 해와 같은 빛만은 가릴 수가 없다. 소품 가게에는 구름처럼 포근한 인형들이 자신을 가져가기만을 기다리고 있고, 엽서 속에는 누군가 가장 아끼던 추억이 순간의 편린으로 떨어져나와 모두의 추억이 되기를 고대하고 있다. 늘 쓰는 접시와 컵들이지만 한 번이라도 더 눈길이 가게 잉크가 튀어 있는 듯 만들어졌고, 꿈결을 조물거려 만든 것처럼 독특한 풍취를 내뿜는다. 밥집들은 이전과 달리 4팀만 들어가도 꽉 찰 것 같아서 아쉽지만, 그만큼 다양한 가게들이 즐비해 있어서 모두가 특별해질 수 있다. 카페는 너무 작아서 떠나는 사람만을 위한 공간으로 남아있다. 길을 따라 계속 해서 내려간다. 플리마켓들이 길게 늘어져 있다. 하얀 천막들은 바다에 띄워놓은 조각 배 같기도 하고, 구름을 잘라낸 조각이 여기저기 기워져 춤추고 있는 듯 보인다. 구름은 무심하게 그것을 내려다보며 바람을 불어줄 뿐이다. 그늘에 몸을 숨기고 각각의 향초와 음식들, 손수 만든 키링과 목걸이, 귀걸이, 반지를 파는 사람들. 나는 한때 H에게 저기서 산 귀걸이와 목걸이 따위를 선물하고는 했다. 그러면 그녀는 해처럼 밝게, 해바라기 씨를 먹은 햄스터처럼 해맑게 웃었다. 여름보다 더 뜨거워 때로는 부담스럽기도 했던 그 웃음이 떠오른다. 지금 저 아래에서 물건을 파는 사람들의 미소도 그처럼 밝다. 햇빛이 강렬해서, 손으로 이마를 가려 작은 그늘을 만든다. 더워서 생긴 뜨겁고 짭짤한 땀방울은 바람에 닿아 조금씩 말라간다. 그러면 피부에 구멍이라도 난 듯 시원해진다. 뜨거워서 오히려 시원함을 느낄 수 있다. 바람을 타고 날아가는 나뭇잎들은 초록의 물고기들 같다. 새들은 하늘을 시원하게 헤엄치고 있고, 구름은 나를 들여다보는 듯 멈췄다가도 새들을 휩쓸어가듯 순식간에 사라진다. 잘려 나온 구름의 조각과 새들의 깃털이 남아서 땅을 뒤덮기도 하고, 잘린 구름 구멍에서 빛이 새어 흘러나오면 사람들의 더운 한숨이 땅을 꺼지게도 한다. 비행기를 보고 한 아이가 감탄한다. 강아지와 아기는 그리 다르지 않은 듯 같은 포즈로 유아차 안에서 세상을 올려다보고 있다. 그들의 눈은 세상이 무슨 재미난 말이라도 하는 것처럼 집중하고 있고, 향기를 먹듯이 입을 오물거린다. 스쳐 가는 시간과 온기를 잡으려고 손을 계속해서 쥐락펴락하고, 모든 것들에 눈길을 주는 것을 잊지 않는다. 보호자들의 눈은 그늘이 져서 처형당하기 직전의 사형수처럼 불쾌해 보이지만, 입은 꽃향기를 맡은 듯 웃고 있다. 갈 곳을 잃은, 혹은 모든 곳이 자기가 가야 할 곳인 노숙자가 자고 있던 자리에는 (그들은 한여름에도 패딩을 입고 다닌다) 어느새 연인들이 웃으며 아이스 아메리카노를 마시고 있다. 바퀴벌레들이 지나갔던 길 위로는 수많은 사람들의 발자국이 그 흔적을 지운다. 커다란 소리로 따스함을 휘저으며 오토바이가 지나간다. 지글거리는 도로 위에는 아지랑이가 피어난다. 한낮의 이슬처럼 맺힌, 윤슬이 강물처럼 반짝이는, 아지랑이 위로 누군가 비친다. 꿈처럼 그리운 그 사람이

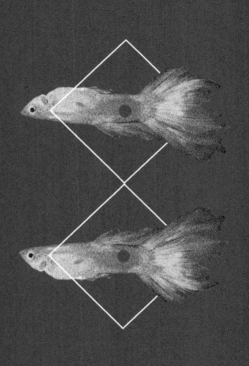

작가의 말

　스스로를 작가라고 부르며 작가의 말을 쓴다는 것은 참 쑥스럽고 민망한 일입니다. 하지만 제가 작가이니 아무래도 쓰지 않을 수가 없겠지요….

　소설이란 무엇인가에 대해서 생각해 보았습니다. 작을 소, 이야기 설. 합쳐서 작은 이야기입니다. 우선 작다는 것의 기준을 두어 말해 보겠습니다. 소설은 다양한 이야기를 다루고, 다양한 시점에서 진행될 수도 있습니다. 그러나 이러니저러니 해도 결국 한 명의, 한 사건에 대해서 다루며 이야기가 진행될 수밖에 없습니다. 일반론을 펼쳐버린다면 그것은 소설이라기보다는 철학 서적이 되어버리고 맙니다. 우리의 주인공은 늘 한 명이고, 그 한 명이 늘어나거나 하는 식으로 진행되어야 하지, 한 연합체 전체의 흐름만을 적어서는 그저 설정집이 되어버립니다. 소설은 설정집도, 철학 서

적도 아닙니다. 또한, '작다'를 소수자라고 생각을 해봅시다. 인간은 결국 개인의 소수자로 살아갈 수밖에 없습니다. 완벽하게 똑같은 상황과 성향의 사람이란 존재하지 않습니다. 그렇기에 소설은 소수자의 이야기가 될 수밖에 없습니다. 모두가 공감하는 이야기를 적으려고 한다면 그것은 결국 누구에게도 진한 공감을 주지 못하는, 허울뿐인 글 무더기가 되어버립니다. 완벽히 공감되지 못하는, 그래서 더 공감되는 사실적인 이야기를 소설이라 생각합니다.

다음은 이야기입니다. 저는 세상이 불완전하면서도 불명확하고, 복잡한 무엇이라고 생각합니다. 이야기는 언어로 전달됩니다. 언어란 것은 순간의 논리를 정립해서 행해집니다. 논리란 명확한 것이지만, 오히려 그렇기에 불명확한 세상을 온전히 표현하지 못합니다. 오류가 생겨버립니다. 그래서 이야기는 완전하기에 불완전합니다. 그럼에도 이야기를 하는 이유는 뭘까요? 소설가 미시마 유키오는 이렇게 말했습니다.

"(타인을) 죽음으로 이끄는 것, 그것이 문학에서라면 전혀 문제가 안 된다. 문학이란 게 약도 영양제도 아니니까. 하지만 문학을 통해 작가가 되살아나지 못한다면 문학이 왜 필요한 걸까."

소설은 글을 쓰는 저를 되살립니다. 그리고 저와 닮은 누군가를 되살리겠죠. 그것이 제가 이야기를 쓰는 이유입니다. 중요한 것은 어떤 논리에서 세상에 이야기가 필요한가 가 아니라, 지금 당장 그것이 즐겁고 좋다는 것입니다.

작은 이야기라고 하면 너무 편협한 것이 아닌가 말 하실 수도 있습니다. 그러나 사람은 결국 자신만의 이야기를 전 개해야합니다. 모든 사람이 다 커다란 이야기만 한다면 사 회는 오히려 다양해지지 못합니다. 가지각색의 작은 이야기 가 모여 커다란 다양성이 이루어집니다. 그것이 너무 복잡 하고 정신이 없어서 휩쓸려 갈 수도 있지만, 저는 결국 그것 이 세상이고 인생이라고 생각합니다.

마지막으로는 조금 가벼운 이야기를 해볼까 합니다. 저는 고양이를 좋아합니다. 고양이는 왠지 온몸이 뾰족한 느낌입 니다. 그 뾰족함이 너무 아기자기해서 귀엽습니다. 또 서서 히 뾰족함이 무뎌지는 것도 푸근하고 귀엽습니다. 그런데 나이가 들면서는 개도 좋아졌습니다. 특유의 무해함이 사람 을 덮치면, 알면서도 당할 수밖에 없습니다. 마멋도 좋아합 니다. 마멋은 커다란 설치류인데, 표정이나 몸매가 아저씨 같으면서도 앙증맞은 것이 너무나 사랑스럽습니다.

이런 것을 보면 모순적인 것은 모순적인 매력이, 정석적 인 것은 정석적인 매력이 있습니다. 좋아하는 이유는 갖다 붙이기 나름입니다. 아무리 정석적이라도 싫을 수 있고, 모순적이더라도 매력이 없을 수 있습니다. 결국 논리보다는 사랑이 먼저인 것 같습니다. 저는 그런 부조리한 사랑으로 살아갑니다. 여러분들도 그런 감정들로 살아가셨으면 좋겠네요.

이야기가 길어졌네요. 도와주신 분들, 읽어주신 분들, 응원해 주신 분들, 모두 감사합니다. 저는 고치면 고칠수록 더 좋아진다는 주의라서, 이번책도 끝의 끝까지 최선을 다했습니다. 재밌게 읽으셨길 바랍니다.

2024년 겨울 부산에서
심설

유체

ⓒ 심설

발행일 2025년 01월 12일
지은이 심설
Instagram symsurl
작가 이메일 symseoll@gmail.com

발행처 인디펍
발행인 민승원
출판등록 2019년 01월 28일 제2019-8호
전자우편 cs@indiepub.kr
대표전화 070-8848-8004
팩스 0303-3444-7982

정가 15,000원
ISBN 979-11-6756655-3 (03810)